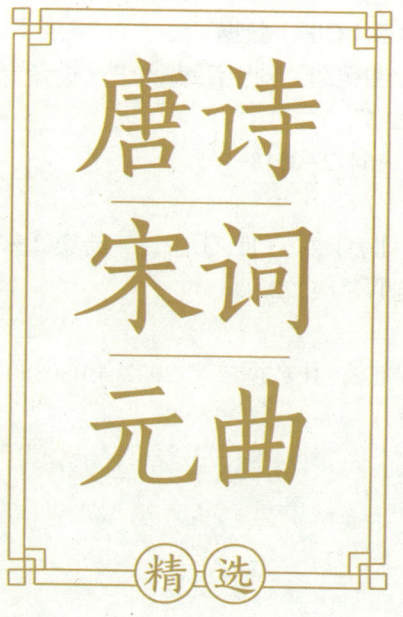

唐诗宋词元曲精选

○ 刘宝江 / 编著

图书在版编目（CIP）数据

唐诗宋词元曲精选 / 刘宝江编著. -- 长春：吉林文史出版社, 2022.5
ISBN 978-7-5472-8518-3

Ⅰ.①唐… Ⅱ.①刘… Ⅲ.①唐诗—诗集②宋词—选集③元曲—选集 Ⅳ.①I222

中国版本图书馆CIP数据核字(2022)第080880号

唐诗宋词元曲精选
TANGSHI SONGCI YUANQU JINGXUAN

出 版 人	张　强
编 著 者	刘宝江
责任编辑	李延勇
封面设计	韩海静
出版发行	吉林文史出版社有限责任公司
地　　址	长春市净月区福祉大路5788号出版大厦
印　　刷	天津海德伟业印务有限公司
开　　本	880mm×1230mm　1/16
印　　张	16
字　　数	305千
版　　次	2022年5月第1版
印　　次	2022年5月第1次印刷
书　　号	ISBN 978-7-5472-8518-3
定　　价	69.00元

前 言

近代国学大师王国维说："唐之诗，宋之词，元之曲，皆所谓一代文学也，而后世莫能继焉者也。"唐诗、宋词、元曲是中国文学史上的三座高峰，是中华文明灿烂的长卷中最为绚丽的华章，被奉为中华文化的传世经典，备受人们推崇，伟人英雄，歌以咏志；达官巨贾，诵以怡情；志者学人，习以修身。

有人说，中国人的每一种心境，似乎都被唐诗、宋词和元曲吟咏过了。这话说得并不为过。随手翻开一页，都会有一些词句扑面而来，触动我们内心深处最柔软的地方……

唐代是我国古典诗歌发展的全盛时期，唐诗代表了唐代文学的最高成就，开创了中国诗歌发展的新纪元。唐诗的题材非常广泛，有的是从侧面反映当时社会的阶级状况和阶级矛盾，揭露封建社会的黑暗；有的是歌颂正义战争，抒发爱国思想；有的是描绘祖国河山的秀丽多娇，表达对生活的热爱。巍巍大唐气象融入诗歌的字里行间，幻化出人世间最绮丽的诗篇，或博大恢宏、雄壮高亢，或敦厚旖旎、清丽流畅。

词是中国古代诗歌的一种，始于梁代，形成于唐代而极盛于宋代，故名"宋词"。历代词人精心雕琢，创作出大量晶莹、灿烂、温润、磊落的词作，以至于成为中国古代文学皇冠上光辉夺目的巨钻。宋词与唐诗并称"双绝"，其美其盛，千古流传，脍炙人口，睿智如妙笔丹青，深沉如风生海上，壮阔似天马行空，豪放足以使懦夫立志，婉约足以使石人动情。

元曲是中国古代诗歌最后的辉煌，被称为元代最佳之文学，语言自然明快，反映生活图景鲜明生动，长于刻画人物，表达情感，有着深厚的民间基础和市井气息。元曲具有很强的开放性和表现力、很大的自由度和很高的艺术性，完全可以与唐诗、宋词媲美。曲中漫及人生感怀，世事悟道，塞北西风虽烈，也不乏江南小巷的绕指柔情，随口吟来，莫不令人销魂。

中华文化源远流长，是全民族每个成员的共同财富。不了解中国古典文学，将无以传承中华民族的优秀文化遗产。唐诗、宋词、元曲更是古典文学的精髓，它们使一代代中国人陶醉其中。本书在参考清代蘅塘退士编选的《唐诗三百首》、清代朱祖谋编选的《宋词三百首》和其他多种优秀选本的基础上，兼顾诗词曲发展脉络及读者的审美需求，将唐诗、宋词、元曲辑录成一册，全面反映了唐诗、宋词、元曲的发展概貌。

为了帮助读者更好地理解原作，本书还增设了注释、赏析等辅助性栏目，对难解字句进行注音和解释，为读者扫除阅读障碍，深入体味作品的内涵。同时，我们精心选配了近千幅与文字内容相契合的图片，包括人物画像、山水景物、情境示意图等，与诗词曲交相辉映、相辅相成，营造出"诗中有画，画中有诗"的艺术氛围，给读者带来身临其境般的感受，使其充分享受阅读的乐趣。

图文互注的编排形式与新颖独特的版式设计有机结合，让读者在轻松阅读的同时，获得丰富的想象空间和高雅的艺术享受。一卷在手，含英咀华，引领读者跨越时空的距离，进入辉煌的古典文学殿堂，领略唐诗、宋词、元曲的无穷艺术魅力，进而启迪心智、陶冶情操，提升个人的文学素养和人生品位。徜徉经典，收获无限。

目录

唐 诗

送杜少府之任蜀州……… 王 勃 002
在狱咏蝉……………… 骆宾王 004
登幽州台歌…………… 陈子昂 005
渡汉江………………… 宋之问 006
和晋陵陆丞早春游望… 杜审言 007
杂 诗………………… 沈佺期 009
望月怀远……………… 张九龄 010
阙 题………………… 刘眘虚 012
九日登望仙台呈刘明府 崔 曙 013
黄鹤楼………………… 崔 颢 015
行经华阴……………… 崔 颢 017
月下独酌……………… 李 白 019
关山月………………… 李 白 021
长干行………………… 李 白 022
金陵酒肆留别………… 李 白 024
行路难………………… 李 白 025
将进酒………………… 李 白 026
登金陵凤凰台………… 李 白 027
早发白帝城…………… 李 白 029
黄鹤楼送孟浩然之广陵 李 白 030
望 岳………………… 杜 甫 032

观公孙大娘弟子舞剑器行并序
　　　　　　　　　　 杜 甫 033
春 望………………… 杜 甫 035
天末怀李白…………… 杜 甫 036
旅夜书怀……………… 杜 甫 037
蜀 相………………… 杜 甫 038
闻官军收河南河北…… 杜 甫 040
登 高………………… 杜 甫 041
山居秋暝……………… 王 维 043
相 思………………… 王 维 044
九月九日忆山东兄弟… 王 维 045
送元二使安西………… 王 维 046
春 怨………………… 刘方平 047
古 意………………… 李 颀 048
古从军行……………… 李 颀 049
桃花溪………………… 张 旭 050
望洞庭湖赠张丞相…… 孟浩然 051
过故人庄……………… 孟浩然 053
宿建德江……………… 孟浩然 054
回乡偶书……………… 贺知章 056
春 思………………… 皇甫冉 058
塞下曲（其一）……… 王昌龄 059
塞下曲（其二）……… 王昌龄 060
芙蓉楼送辛渐………… 王昌龄 061

出　塞	王昌龄	062
登鹳雀楼	王之涣	064
凉州词	王之涣	065
送李少府贬峡中王少府贬长沙	高　适	066
白雪歌送武判官归京	岑　参	068
逢入京使	岑　参	069
征人怨	柳中庸	070
江南曲	李　益	072
凉州词	王　翰	073
新嫁娘	王　建	074
送僧归日本	钱　起	075
送李中丞归汉阳别业	刘长卿	076
滁州西涧	韦应物	077
晚次鄂州	卢　纶	078
塞下曲（其一）	卢　纶	080
塞下曲（其二）	卢　纶	080
塞下曲（其三）	卢　纶	081
塞下曲（其四）	卢　纶	081
枫桥夜泊	张　继	083
马嵬坡	郑　畋	085
西塞山怀古	刘禹锡	086
乌衣巷	刘禹锡	087
问刘十九	白居易	088
长恨歌	白居易	090
琵琶行并序	白居易	093
遣悲怀（其一）	元　稹	096
遣悲怀（其二）	元　稹	097
遣悲怀（其三）	元　稹	098
宫　词	张　祜	099
同题仙游观	韩　翃	100
近试上张水部	朱庆馀	101
寻隐者不遇	贾　岛	103
游子吟	孟　郊	104
书边事	张　乔	105
宫　词	薛　逢	106
登柳州城楼寄漳汀封连四州	柳宗元	107
江　雪	柳宗元	109
金缕衣	无名氏	110
赤　壁	杜　牧	111
泊秦淮	杜　牧	113
寄扬州韩绰判官	杜　牧	114
遣　怀	杜　牧	115
蝉	李商隐	116
风　雨	李商隐	117
锦　瑟	李商隐	119
无　题	李商隐	120
无题（其一）	李商隐	122
无题（其二）	李商隐	123
无题（其三）	李商隐	124
夜雨寄北	李商隐	125
陇西行	陈　陶	126
秋日赴阙题潼关驿楼	许　浑	127
利州南渡	温庭筠	129
金陵图	韦　庄	130
除夜有怀	崔　涂	131
寄　人	张　泌	133
贫　女	秦韬玉	134
杂　诗	无名氏	136

宋　词

忆秦娥	李　白	138
渔歌子	张志和	139
长相思	白居易	139

望江南	温庭筠	140	青玉案	贺 铸	180
菩萨蛮	韦 庄	141	少年游	周邦彦	181
谒金门	冯延巳	142	蝶恋花·早行	周邦彦	182
鹊踏枝	冯延巳	143	江城子	谢 逸	183
摊破浣溪沙	李 璟	144	鹧鸪天·西都作	朱敦儒	184
虞美人	李 煜	145	燕山亭·北行见杏花	赵 佶	185
相见欢	李 煜	146	一剪梅	李清照	186
浪淘沙	李 煜	147	如梦令	李清照	187
破阵子	李 煜	148	武陵春	李清照	188
长相思	林 逋	149	声声慢	李清照	189
苏幕遮	范仲淹	150	忆王孙·春词	李重元	190
渔家傲	范仲淹	151	满江红	岳 飞	191
雨霖铃	柳 永	152	钗头凤	陆 游	192
望海潮	柳 永	155	诉衷情	陆 游	193
天仙子	张 先	156	钗头凤	唐 琬	194
千秋岁	张 先	158	卜算子	严 蕊	195
浣溪沙	晏 殊	160	西江月	张孝祥	196
蝶恋花	晏 殊	161	青玉案·元夕	辛弃疾	197
木兰花	宋 祁	162	清平乐·村居	辛弃疾	198
踏莎行	欧阳修	164	丑奴儿·书博山道中壁		
浪淘沙	欧阳修	165		辛弃疾	199
浪淘沙	王安石	167	破阵子·为陈同甫赋壮语以寄		
卜算子	王 观	168		辛弃疾	199
临江仙	晏几道	169	永遇乐·京口北固亭怀古		
鹧鸪天	晏几道	170		辛弃疾	201
水调歌头	苏 轼	171	暗 香	姜 夔	202
念奴娇·赤壁怀古	苏 轼	172	疏 影	姜 夔	203
定风波	苏 轼	174	一剪梅·舟过吴江	蒋 捷	204
江城子·密州出猎	苏 轼	175			
眼儿媚	王 雱	176			
渔家傲	朱 服	177			
鹊桥仙	秦 观	178			
踏莎行	秦 观	179			

元 曲

人月圆·卜居外家东园	元好问	206
一半儿·题情	王和卿	207

潘妃曲	商挺	208
一半儿	胡祗遹	209
人月圆	刘因	209
山坡羊	陈草庵	210
大德歌·冬	关汉卿	211
一枝花·不伏老【套数】（节选）	关汉卿	212
庆东原	白朴	213
天净沙·秋	白朴	214
金字经·樵隐	马致远	215
天净沙·秋思	马致远	216
后庭花	赵孟頫	217
山坡羊·潼关怀古	张养浩	218
醉高歌兼喜春来	张养浩	219
雁儿落兼得胜令·退隐	张养浩	220
水仙子·咏江南	张养浩	221
折桂令·中秋	张养浩	222
寄生草·酒	范康	223
寄生草·色	范康	224
叨叨令·自叹	周文质	225
绿幺遍·自述	乔吉	226
满庭芳·渔父词	乔吉	227
天净沙·即事	乔吉	228
凭阑人·金陵道中	乔吉	229
醉中天	刘时中	230
滚绣球【摘调】	邓熙	231
塞鸿秋·凌歊台怀古	薛昂夫	232
朝天子	薛昂夫	233
庆东原·西皋亭适兴	薛昂夫	234
普天乐·秋江忆别	赵善庆	235
人月圆·山中书事	张可久	236
卖花声·怀古	张可久	236
水仙子·归兴	张可久	237
普天乐·秋怀	张可久	238
普天乐·花园改道院	任昱	239
阳春曲·闺怨	徐再思	240
殿前欢·观音山眠松	徐再思	241
后庭花·怀古	吕止庵	242
普天乐·别情	查德卿	242
满庭芳·樵	赵显宏	243
阳春曲·赠茶肆	李德载	244
普天乐·嘲西席	张鸣善	245
落梅风·泛剡王猷	陈德和	246
塞鸿秋·浔阳即景	周德清	247
醉太平·警世	汪元亨	248

送杜少府之任蜀州①

王 勃

城阙辅三秦②,风烟望五津③。
与君离别意,同是宦游人④。
海内存知己,天涯若比邻。
无为在歧路⑤,儿女共沾巾。

注释:

①少府:县尉。之任:赴任。②辅:护卫。三秦:项羽灭秦后,分秦之旧地为雍、塞、翟三国,统称"三秦"。③五津:指岷江的五大渡口,即白华津、万里津、江首津、涉头津、江南津,皆在蜀中。④宦游人:出外做官之人。⑤无为:不要。歧路:岔路口,古人送行常至路的岔口而分手。

赏析:

这是王勃在长安送别一位到蜀地任县令的杜姓朋友时所作的抒情诗,为赠别名篇。

诗的首联写景,对仗工整,气象壮阔,生动地写出了送别时的场景。当时诗人在长安做官,他要送好友杜少府赴蜀地任职。两人一同出长安城,来到分手之处,心中有千言万语,却无从说起。诗人只好借浏览周围的景致来克制自己的情绪。"城阙辅三秦",写长安的城垣、宫阙被广阔无边的三秦大地所"辅"(护卫),气势恢宏;"风烟望五津","五津"指岷江的五大渡口,泛指川西岷江流域,句意为自长安遥望蜀川,视线被茫茫的风烟所阻隔,什么都难以分辨。秦地和蜀地万里相隔,诗人用一个"望"字,就将两地巧妙地联系起来,实在是妙笔。另外,"风烟"二字也暗示出路途遥远,行路艰难,表达了诗人对朋友的关切。领联以散调承之,文情跌宕。"与君离别意"承首联写惜别之感,诗人欲吐还吞。"同是宦游人"是诗人的宽慰之词,指出了与朋友分别的必然性。正所谓"千里搭长棚,没有不散的筵席。"朋友之间不管情谊多么深重,都不可能始终相聚,总有一天会因各种原因面临别离。而对诗人和杜少府来说,分别的原因就是"同是宦游人"。两人都是朝廷命官,都要遵守王命、忠于职守,命令一来,自然就要各奔东西。但是,不管距离多远、分开多久,朋友间的深情厚谊都是不会有所改变的。 颈联更进一步,独辟蹊径。诗人一方面强调友谊的真诚与持久,另一方面也鼓励友人乐观地对待人生。这两句诗含义绵长,是全诗的核心,展现出诗人的宽广胸襟和远大志向,也使两人深厚的友情得以升华。人们称惺惺相惜的朋友为"知己",知己有时在身边,有时却在天南地北。然而不论空间的距离多远,时间过去了多久,知己间的情谊是不可动摇的。同时,决不能狭隘地认定"知己"仅此一人,天下之大,到处都有与自己志同道合之人,也时时可能跟他们成为朋友。怀着这样的认知送别友人就不会感到凄凉落寞,反而会产生一种奋发向上的心态,对前路充满信心。 尾联紧接上联,诗人不仅点明"送"的主题,而且继续劝勉朋友:"无为在歧路,儿女共沾巾。""在歧路",点出题面"送"字。歧路者,岔路也,古人送行,常至大路分岔处分手,所以往往把临别称为"临歧"。诗人语重心长,力劝朋友在道别之时,千万莫像孩童,悲伤难忍,泪水涟涟,甚至拿出手帕来擦眼泪,而是要充满信心,乐观积极地走向新的生活。本诗格调高妙,难以超越,实在不愧为千古佳作。

【诗评】

此等诗气格浑成,不以景物取妍,具初唐之风骨。

——《古唐诗合解》

在狱咏蝉

骆宾王

西陆蝉声唱①,南冠客思侵②。
那堪玄鬓影③,来对白头吟④。
露重飞难进,风多响易沉。
无人信高洁,谁为表予心⑤?

注释:

①西陆:秋天。②南冠:此为囚徒之意。《左传·成公九年》载:"晋侯观于军府,见钟仪,问之曰:'南冠而絷者,谁也?'有司对曰:'郑人所献楚囚也。'"③玄鬓:魏宫人莫琼树所制蝉鬓,缥缈如蝉翼。④白头吟:汉司马相如发迹后对卓文君爱情不专,文君作《白头吟》给相如,中有"愿得一心人,白头不相离"句,作者此处引来喻自己对国家的一片赤诚被辜负。⑤予:我。

赏析:

本诗是骆宾王在狱中所作,抒发了诗人被朝廷冷落,贬黜入狱后的悲愤心情。

首联以蝉声开篇,描写秋末冬至,生命即将走到尽头的蝉的凄凉鸣声。听到此音,身陷囹圄的诗人不禁感怀、伤情。此联对仗严谨,音律优美。颔联"那堪"与"来对"相互呼应,诗人由蝉的现状联想到自己,表达了内心的伤感和对朝廷黑暗的愤懑。"白头吟"是古时乐府佳作,描写一名被爱人抛弃的女子的哀怨心情,表现了她对爱情专一的渴望。诗人以此自喻,表明自己屡次被贬,仕途坎坷,黑发渐渐斑白的凄凉现状。诗人在狱中看到窗外的秋蝉仍是"玄鬓",对比之下难免伤感。多年来,诗人为成就功业劳碌奔波,刚刚升任侍御史却再次遭人陷害,抑郁之情油然而生。

颈联看似说蝉,却也是托物言己,把诗人多年来的坎坷经历全然呈现。整句运用多处比喻，"露重""风多"即周遭事物的不尽如人意；"飞难进"是对诗人难以在官场有所作为的描写；"响易沉"暗喻诗人的观点看法受到打压。结尾以一句设问点明，虽拥有蝉的高洁品质，但却含冤入狱，诗人的怨愤跃然纸上。

整首诗流畅自然，比喻精妙，托物言志，寓意深远，是咏物诗中的佳作。

登幽州台歌①

陈子昂

前不见古人，后不见来者。
念天地之悠悠，独怆然而涕下。

注释：

①幽州台：战国时燕昭王为招纳天下贤才而筑的高台。

赏析：

本诗为诗人登幽州台抒怀之作。幽州台，即蓟北楼，又名燕台，史传为燕昭王为招揽人才而筑的黄金台。这首诗感慨深沉，语言苍劲奔放，可谓千古绝唱。后人评价陈子昂只此一诗就足以令其流芳百世，名传千古。

陈子昂具有过人的政治见识和政治才能，他直言敢谏，但却不被武则天采纳，屡受打击，心情郁郁悲愤，并曾一度因"逆党"株连而入狱。他不仅不能实现政治抱负，反而受到排挤，因此万般苦闷。当他登上幽州台远眺时，想到古时的君臣风光无比，自己却一生坎坷，顿时感到生不逢时，一股悲切之情油然而生。他忍不住潸然泪下，随即以"山河依旧，人物不同"来表达自己的不满，抒发了壮志难酬、没有知音、孤单无助的悲愤。

从内容上看，前两句，诗人俯仰古今，写出了时间的绵长。第三句，诗人凭楼眺望，写出了空间的辽阔。第四句，诗人描绘了自己孤单寂寞、悲哀苦闷的情绪。全诗拓开一片广阔无垠的时空。这无垠的时空与诗人茕茕孑立的身影两相映照，分外动人。本诗境界辽远，意境绵长，反映了诗人的高尚情操。从艺术手法上看，一句与二句，三句与四句各自形成鲜明的对比，将本诗的情感表达得更为强烈。这首诗虽然短小，但大气磅礴，意蕴深远，感情丰富，语言凝练，句式长短不一，音节变化多端，为不可多得的佳作。

【诗评】

胸中自有万古，眼底更无一人，古今诗人多矣，从未有道及此者。此二十二字，真可谓泣鬼。

——《唐诗快》

渡汉江

宋之问

岭外音书绝①，经冬复历春。
近乡情更怯，不敢问来人②。

注释：

①岭外：岭南。②来人：从家乡来的人。

赏析：

这首诗是诗人由贬所泷州逃归洛阳，途经汉江（指襄阳附近的汉水）时所作。

这首诗的前两句追叙诗人贬居岭南的情况。诗人被贬斥到蛮荒之地，本来就很悲惨，更何况和家人又音信隔绝，彼此不知生死。在这样的情形下，诗人熬过漫长的岁月，历经寒冬，迎来新春，心情更加凄苦。在本诗中，诗人未平行列出空间的阻隔、音信的断绝、时间的悠远这三层意思，而是逐层递进、逐步展现，这就增强和深化了游子贬居蛮荒时的愁苦、烦闷，以及对故乡和亲人的思念之情。

"绝""复"两字,看似未着力,却可见诗人的用心。诗人居于贬所之时那种与尘世隔离的孤独,丧失所有精神安慰的困苦,还有度日如年的煎熬,皆清晰可感。乍读起来,这两句平平叙起,似乎无惊人之处,却在无形中为下两句出色的抒情作好了铺垫。后两句着重言情,细腻生动,真切感人。一位远离家乡的游子,踏上归途,当然心情欢悦,而且这种欢悦会随着家乡的临近而越来越强烈。通过"情更怯"和"不敢问",读者能强烈地感受到诗人当时竭力压制的迫切愿望及因此带来的巨大的精神痛苦。这种抒发情感的方式,既真实,又富有情趣,耐人寻味。

【诗评】

> 隔岁无书,故近乡反不敢问,忧喜交集之词。
> ——《唐诗解》

和晋陵陆丞早春游望[①]

杜审言

独有宦游人[②],偏惊物候新[③]。
云霞出海曙[④],梅柳渡江春[⑤]。
淑气催黄鸟[⑥],晴光转绿蘋。
忽闻歌古调[⑦],归思欲沾巾[⑧]。

注释:

①和(hè):以诗相和。晋陵:今江苏常州市。陆丞:陆姓县丞。②宦游人:在外做官的人。这里既指陆丞,又指自己。③物候:指在不同季节里自然界的景物变化。④曙:晓色。⑤梅柳句:意谓春色由江南到了江北。⑥淑气:和暖的气候。催黄鸟:催着黄莺啼叫。⑦古调:指陆丞的《早春游望》。⑧沾巾:指眼泪沾湿衣巾。

赏析：

永昌元年（689年），诗人宦海沉浮近二十年，诗名大震，却仍远离京洛，在江阴当小官。早春时节，诗人与友人一起出游踏青，本是赏心乐事，诗人却心情不悦，写下本诗。这首诗是陆丞所作《早春游望》的和作，是山水诗中的杰作。诗人准确地把握住了早春时节物候的变化及客居他乡游宦之人的心理感受。诗题中的"和"，指用诗应答。晋陵，即今江苏常州，唐代属江南东道毗陵郡。陆丞，诗人的友人，其名不详，时在晋陵任县丞。武则天永昌元年前后，杜审言在江阴县任职，与陆某是同郡邻县的僚友。他们同游唱和，可能即在其时。陆某原唱已不可知。杜审言这首和诗是用原唱同题抒发自己宦游江南的感慨和归思。诗人采用拟人手法，写江南早春，历历如画。全诗对仗工整，结构严密，字字锤炼，因物感兴，即景生情。

诗一开篇，诗人点明自身的处境，既"宦游"且"独"，可见诗人孤身一人远离家乡，进而指明这样的人对季节的变化特别敏感，触目惊心，容易产生思乡之情。

中间二联具体写"惊""新"，着重描写江南早春景象。颔联概写早春晨景：日出之前，云蒸霞蔚，五彩缤纷，曙色似乎是云霞从海中带出的；春归大地，红梅吐艳，绿柳催芽，似乎春天是梅柳从江南渡过来的。这两句将"云霞"与"曙"、"梅柳"与"春"的关系倒置，构思独特，精警洗练，成为千古名句。颈联进一步描写了早春的景物，黄鸟啼鸣，浮萍飘绿，声色相间，凸显春色。

尾联"忽闻"突转，点出诗人的早春游望之诗作，进而勾起自身触景之情。"归思欲沾巾"响应首联"偏惊物候新"，前后呼应，点明思归和道出诗人伤春的本意。

诗人通过描写异地季节的变化，抒发了在外做官的感慨与思乡的情绪。全诗语言生动，对仗工整，结构严密，因物感兴，即景生情。

【诗评】

初唐五言律，"独有宦游人"第一。

——《诗薮》

三、四句如精金百炼。……"曙""春"一字一句，古人琢意之妙。起结意势冲盈。

——《唐诗镜》

杂 诗

沈佺期

闻道黄龙戍①，频年不解兵②。
可怜闺里月，长在汉家营。
少妇今春意，良人昨夜情③。
谁能将旗鼓④，一为取龙城⑤。

注释：

①闻道：听说。黄龙戍：即黄龙冈，今辽宁开原西北，唐时边防要地。②不解兵：战事不断。③良人：丈夫。④将：持。⑤一为：一举。龙城：匈奴祭天处，此处泛指侵略者的大本营。

赏析：

本篇为沈佺期的代表作之一，写因边关战事长年不息而导致的夫妇离别的相思之苦。丈夫戍守边关，妻子独守空闺，这是唐诗描写的夫妻生活常见的一幕。诗中说"频年不解兵"，更可见他们分离时间之长和相见之日的遥遥无期。于是每逢月明之时，便有万千妻子、征人对月伤怀，因为只有这悬挂于中天的月儿，见证了夫妻往昔生活的和谐美满，见证着望月之人的苦苦相思。

少妇又是一春的刻苦思念，犹如丈夫夜夜不断的无限深情，而情到浓时，则化为一句由衷的祝愿：愿朝廷早日派遣良将荡平胡虏，使我大唐能得长治久安，使我夫妇终能团圆。全诗借写思妇的内心感受而道出了战争给人们带来的巨大痛苦，寄托出人们对于战争早日结束的深切期望，以小而言大，可谓别具新意。

【诗评】

五、六就本句看,极是平常;就通首看,则无限不可说之话尽缩此两句内,初唐人微妙至此。

——《唐诗消夏录》

望月怀远

张九龄

海上生明月,天涯共此时。
情人怨遥夜①,竟夕起相思②。
灭烛怜光满,披衣觉露滋③。
不堪盈手赠④,还寝梦佳期⑤。

注释:

①情人:有情之人。遥夜:长夜。②竟夕:整夜。③灭烛两句:意谓灭去蜡烛而见月光明亮;夜凉披衣,但觉夜露滋于衣上。④盈手赠:双手捧起来赠予你。⑤还寝:重新睡下。梦佳期:于梦中得到与你相会的佳期。

赏析:

这是一首月夜怀人之作,描写明月夜相思的情景,抒写诗人怀念亲友的深情,情深隽永,细腻入微,历来被人传诵。需要说明的是,诗中的"相思""佳期"等指怀念人世间常有的感情,不能狭隘地理解为爱情。

诗的首联高华浑融,"海上生明月,天涯共此时"为千古佳句,意境雄浑豁达。第一句"一望无际的大海上升起一轮明月",此是写景,第二句则是因景生情,"令人想起了远隔千山万水的亲朋好友,此时此刻他们也与我观赏着同一轮明月"。这两句诗与谢庄《月赋》中"美人迈兮音尘阙,隔千里兮共明月"的句子有异曲同工之妙,只是更加自然流畅、不事雕琢,意境也就更加恢宏。第一句写"望月",第二句写"怀远",两句均紧扣诗题,但看上去却不着痕迹。

颔联直抒胸臆,表达诗人对远方友人的殷切思念。"情人",可指多情的人、有怀远情思的人,此处是诗人自称;"遥夜"指长夜;"竟夕"意为通宵。诗人想念远方好友,竟致通宵不眠,还因此埋怨起夜太漫长。本诗是一首五言律诗,律诗严格要求颔联和颈联的对仗。这一联是流水对,浑然天成,颇具美感。

颈联紧承颔联,详细描述了诗人难以入眠的情形,生动形象,很是传神。"怜",意为爱怜、怜惜;"滋",打湿之意。第五句写诗人在房间徘徊,熄灭蜡烛后见到地上铺满银色的月光,不禁生出爱怜之意;第六句写夜色深沉,诗人独自在庭院流连,感觉到露水打湿了披着的衣裳。本联对仗工整,细致入微。

尾联进一步表达了诗人对友人的深情厚谊。"不堪",指不能;"盈手",满手之意;"佳期",指重聚之日。这两句诗意为:我无法手捧月光送给千里相隔的亲友,只盼望在梦中与你们相会。此处化用陆机《拟明月何皎皎》中"照之有余辉,揽之不盈手"一句的诗意,加以升华,表达出了缠绵不绝的情思。

全诗描写层层深入不紊,语言明快铿锵,意境清新,寄兴深远,细细品味,甚是动人。

【诗评】

全诗浑成与精巧同存,天然与人工并妍,意境清幽而情感深挚,是寄月抒情诗中不可多得的佳作。

阙 题

刘眘虚

道由白云尽^①，春与青溪长。
时有落花至，远随流水香。
闲门向山路，深柳读书堂。
幽映每白日，清辉照衣裳。

注释：

①道由句：指山路起自白云尽处。

赏析：

　　本诗原本有题名后不知何故失落了，因而唐代殷璠在《河岳英灵集》中收录这首诗时只得以"阙题"来命名。阙题，即缺题，"阙"同"缺"，指题目原缺。诗歌描写了深山中一栋别墅及周围幽深静寂的环境。首联的"道由白云尽"指出通往隐舍的路是由云深尽头蜿蜒而出，可见地势之高峻。诗以此开头，便省略了关于爬山的大段文字，避免了情节的拖沓，同时也暗示诗人正走在通往别墅的路上，离别墅已经很近了。颔联紧接上文，进一步勾勒青溪和春色，透露了诗人的喜悦之情。颈联粗略介绍隐舍。诗人沿途观景而来，终于得以见到隐舍。由门是往山路方向而设可见，隐舍主人极爱深山之隐蔽清幽，故而隐舍的门就成了"闲门"。诗人缓步前行，推开院门，便发现藏匿在院内柳影丛中的读书堂。原来这位主人是在山中一心一意钻研学问的读书人。尾联只就别墅之光影描写。虽然是发生在白天的事，却因隐舍置身深山老林，所以只偶有清幽光芒片片洒落在诗人衣上。全诗至此戛然而止，似意犹未尽，又留下思索的空间，更添韵味。

【诗评】

水远、花香、山深、林密，书堂正当其处，何乐如云！看他"长"字、"时"字、"至"字、"远"字、"香"字，回环勾锁，一字不虚。

——《唐律消夏录》

九日登望仙台呈刘明府①

崔 曙

汉文皇帝有高台，此日登临曙色开。
三晋云山皆北向②，二陵风雨自东来③。
关门令尹谁能识④，河上仙翁去不回。
且欲近寻彭泽宰，陶然共醉菊花杯⑤。

注释：

①九日：指重阳日。望仙台：相传仙人河上公曾授汉文帝以《老子》而去，后文帝于西山筑台以望之，故名望仙台。②三晋：指战国时韩、魏、赵三家分晋。③二陵：殽山的南陵、北陵合称"二陵"。④关门句：相传老子至函谷关，关令尹喜留他著书，老子成书五千言后离开，关令尹喜也随他而去。⑤且欲两句：陶渊明辞彭泽令归隐后，曾于重阳节因无酒而到宅边菊丛中久坐，逢王宏送酒至，于是二人大醉而归。宰：指地方官。

赏析：

这是一首怀古投赠诗，描写的是诗人在重阳节登望仙台所见的壮美景色。全诗气象雄阔，诗人在诗的结尾慨叹神仙虚无缥缈，不如邀友人赏菊，陶然共醉，表现了诗人旷达洒脱的胸怀。九日，指重阳节。明府，唐时对县令的尊称。

首联从望仙台的由来写起，点出诗人登高的地点和具体的时间。望仙台，汉文帝为观仙人河上公而建的楼台。诗人在重阳节这一天，登临望仙台，适逢朝日初出、阳光四照。

颔联写的是诗人登临仙台所见之景：北面能望见三晋高耸入云，山岭蜿蜒；东面能看见殽山南北二陵，意境开阔，气势雄浑。此联为诗中的佳句。

颈联写诗人远眺函谷关，联想到官员尹喜追寻老子出关西去、羽化为仙以及河上公成仙的传说。这一句点出神仙已去不会再回来。

尾联承接上句，转到节日抒怀。这两句的意思是：找不到神仙，还不如就在附近寻个像陶潜般的人，与他一起在菊丛中举杯同醉，欢乐开怀。此处的"彭泽宰"指的是诗人的朋友刘明府。诗人以陶渊明为比，旨在说明既然重九登高，而神仙不再回来，又何必欲求神仙，不如就近邀请好友刘明府来一起畅饮菊花酒吧。"陶然共醉菊花杯"乃化引陶渊明之"采菊东篱下，悠然见南山"之诗意，语意真挚，浑然天成。

全诗既有时间地点，又有人物情节。诗人先是描写了仙台雄伟壮丽之景，然后指出寻访神仙远不如就近邀友畅饮舒适畅快。全诗转承流畅自然，一气呵成。清人沈德潜在《唐诗别裁》中评本诗为"一气转合，就题有法"。这种说法非常妥帖。

【诗评】

此篇句律典重，通篇匀称，情景分明，又一意直下，固足为法。

——《批点唐音》

黄鹤楼

崔颢

昔人已乘黄鹤去①，此地空余黄鹤楼。
黄鹤一去不复返，白云千载空悠悠。
晴川历历汉阳树②，芳草萋萋鹦鹉洲③。
日暮乡关何处是④？烟波江上使人愁。

注释：

①昔人：指传说中的仙人。②历历：景物清晰分明的样子。汉阳：在武昌（黄鹤楼所在地）西。③鹦鹉洲：在今武汉市西南长江中，相传因东汉祢衡在此作《鹦鹉赋》而得名。④乡关：家乡。

赏析：

这首诗是吊古怀乡之佳作。诗人登临黄鹤楼，览眼前景物，触景生情，诗兴大发，脱口而出，写成了本诗。本诗既自然宏丽，又饶有风骨，成为历代所推崇的珍品。诗虽不协律，但音节嘹亮而不拗口。传说李白登此楼，目睹本诗，大为折服。说："眼前有景道不得，崔颢题诗在上头。"这个传说可能是后人附会，未必真有其事。然而李白确曾两次作诗拟本诗格调。其《鹦鹉洲》诗前四句说："鹦鹉东过吴江水，江上洲传鹦鹉名。鹦鹉西飞陇山去，芳洲之树何青青。"与崔诗如出一辙。

黄鹤楼因其所在之武昌黄鹤山（又名蛇山）而得名。传说古代仙人子安乘黄鹤过此（见《南齐书·州郡志下》）；又传说费祎登仙驾鹤于此（见《太平寰宇记》）。本诗就是从楼名之由来写起，借传说落笔，然后生发开去。仙人跨鹤，本属虚无，本诗却偏偏"以无作有"，写出了岁月不再、古人不见、白云苍狗、世事茫茫的高渺境界。

诗的前四句就楼名来历起兴，写到人、鹤俱去，空留此楼；而黄鹤一去不复返，只剩得白云空在。诗人言语中对此楼的今昔变化感慨不已。前人有"文以气主说"，这四句用散文的句法，连贯直下，冲破了格律的束缚。虽然接连用三个"黄鹤"，却因气势恢宏、语调激昂，而使读者心情迫切地读下去，无暇挑剔。其实诗人这样做，已经触犯了格律诗的大忌，七律要求"前有浮声（平声），后须切响（仄声）"，本诗一、二句，第五、六字都是"黄鹤"；第三句几乎全用仄声；第四句又用"空悠悠"这样的三平调（诗句中最后三个字都是平声字就叫做三平调，这是格律诗的大忌，是绝不允许出现的）作结；同时这四句仿佛完全没有考虑到对仗，所用皆为古体诗的句法。这是因为当时七律诗尚未成型吗？当然不是。崔颢自己就写过严格遵守格律的七律。那么是诗人故意违背七律的规范吗？这样说似乎也不妥。那他是想与他同时代的诗人杜甫一样，自创别调吗？这个猜测也无从考证。看来这个问题，只能引用《红楼梦》中的一句话来解答了，林黛玉教香菱作诗时曾说："若是果有了奇句，连平仄虚实不对都使得的。"崔颢在此，就是本着"诗以立意""不以词害意"的原则，妙笔生花，写出了这首七律中的奇葩。后四句实写诗人登楼北望的所见所想。诗人的视线由远而近，先是触及江北汉阳历历可辨的树木，接着看到了鹦鹉洲头的芳草。而近看楼下，大江之上烟波一道，江空暮色苍茫，雾霭遮断归乡之路，这些自然使他忧愁顿生。

本诗首联、颔联与颈联、尾联看似断成两截，其实文势是从开头一直贯穿到结尾的。从律诗的起、承、转、合上来说，这种似断实续的衔接，也是很值得称道的。元代学者杨载在《诗法家数》中论律诗颔联时说："此联要接破题（首联），要如骊龙之珠，抱而不脱。"本诗就做到了这一点。首联叙述了仙人乘鹤离去的传说，颔联紧承首联，说黄鹤飞去后再也没有回来。两联结合紧密，可谓浑然一体。在论律诗颈联时，杨载说："与前联之意相避，要变化，如疾雷破山，观者惊愕。"就是说颈联不应承接颔联之意，而应求变、求奇，出人意料。本诗可以说做到了这一点。前两联未能遵守格律，于是第三联由变归正，转而遵守格律，境界也截然不同。此外，首联和颔联叙仙人驾鹤飘然远去，给人以虚无缥缈的感觉；颈联则忽现晴川、树木、芳草、汀州，所有景象都历历在目。这样一转折、一对比，尾联中诗人登高远眺的愁绪就更加容易让人理解了，也使得文势波澜起伏、扣人心弦。并且"烟波江上使人愁"一句再次将诗歌带到了虚无缥缈的境界，如豹尾绕额，很好地照应了开头，也很符合律诗的规范。本诗在艺术手法上达到了炉火纯青的境界，历来被人们推为题黄鹤楼的绝唱。清代著名诗人沈德潜在《唐诗别裁》中曾评价本诗说:"意得象先,神行语外,纵笔写去,遂擅千古之奇。"可以说是极为精当。

【诗评】

"黄鹤"二字在诗中三次出现,这本是律诗的大忌,然而本诗被后人评为七言律诗第一,被评为"擅千古之奇"的作品,皆因全诗无论起兴、承转还是引事、抒情都自然超妙、浑然天成,让人难以企及。

行经华阴

崔颢

岧峣太华俯咸京①,天外三峰削不成②。
武帝祠前云欲散③,仙人掌上雨初晴④。
河山北枕秦关险⑤,驿路西连汉畤平⑥。
借问路旁名利客,何如此地学长生?

注释:

①岧(tiáo)峣(yáo):高峻貌。太华:指华山。咸京:本指秦都咸阳,这里借指长安。②三峰:指华山之莲花、明星、玉女三峰。削不成:指非人力所能成形。③武帝祠:指巨灵祠,汉武帝华山登顶后建。④仙人掌:指华山仙人掌峰。⑤秦关:指函谷关。⑥畤(zhì):秦汉时祭天地五帝的祭坛。

赏析:

本诗描写了诗人行经华阴所见的鬼斧神工的华山三峰的雄奇壮阔景色,表现了祖国山河的壮美瑰丽,抒发了诗人鄙薄功名的情怀。华阴,指位于华山北面的陕西华阴县。

诗题《行经华阴》，既是"行经"，必有所往；所往之地，就是求名求利的集中地——"咸京"（今陕西咸阳）。诗中提到的"太华""三峰""武帝祠""仙人掌""秦关""汉畤"等都是唐代京都附近的名胜与景物。当时京师的北面是雍县，东南面就是崔颢行经的华阴县。县南有五岳之一的西岳华山，又称太华。华山山势高峻。华阴县北就是黄河，隔岸为风陵渡，此岸是秦代的潼关（一说是华阴县东灵宝县的函谷关）。华阴县不但河山壮险，而且是由河南一带西赴咸京的要道，行客络绎不绝。

这首诗写诗人行旅华阴时所见的景物，抒发了诗人吊古论今的情感。诗的前六句全为写景。写法为先总后分，由此及彼，井井有条。首句下笔不俗：诗人将拥有神仙洞府的华山凌驾于满是王侯贵族的京师之上。"岧峣"两字极言华山之高峻，一个"俯"字更道出崇山压顶之势，彰显出一种神力。接着，诗人由整体转为局部，以"三峰"为例，论证华山之"岧峣"。"削不成"三字暗示人间利器难堪大用之意，似乎在纯然的景物描写中要表达神力胜于人力、出世胜于入世的含义。

首联写远景，颔联则摄近景。诗人途经华阴时，正值云消雨霁，遥见三峰苍翠如洗，武帝祠前乌云将散，仙人掌上青葱可爱，这些雨后初晴的新鲜景象，自然美妙，令人心旷神怡。另外，诗句对仗工整，"武帝祠"和"仙人掌"更为诗尾的"学长生"埋下伏笔，可谓于平淡处见新奇。颈联则充满想象，描写了一片虚幻之景。第五句一个"枕"字把黄河、华山都人格化了，大有"顾视清高气深稳"的气势，"险"字又有意无意地暗示了世人为追求仕途经历的坎坷与挫折。第六句一个"连"字，将"汉畤"与颔联中"武帝祠""仙人掌"联系起来，一同照应尾句的"长生"一词；"平"字又与首联"岧峣""天外"相对照，以驿路的平坦反衬华山的高峻，同时也暗示长生之道比求仕之路更为坦荡。总体来说，五六句中，一"险"一"平"为人们指明了出路，也照应了首句中的"俯"字；"枕"字、"连"字用法巧妙，故前人称之为诗眼。本联中，诗人眼中无而意中有，在双目所及的景象基础上，充分展开了想象。在华山下同时看到黄河与秦关以及望见咸京以西的汉畤是不符合现实的，但诗人"胸中有丘壑""思接千载，视通万里"，自然下笔如有神，因此能够描摹出此等气势雄伟的画面。古人论诗有"眼前景"与"意中景"之分，前者着眼于描写客观景物，后者则往往能体现出诗人的才思和胸怀。本诗首联、颔联着意于"眼前景"，接着在颈联引出"意中景"，衔接自然又充满了新奇的想象。晚清大学者王国维在《人间词话》中说"一切景语皆情语也"，联想到全诗在写景的过程中夹杂的暗示性的话语，也可以看出诗人的情思。尾联两句是经过前三联的表述后自然落笔的，笔意潇洒，风流蕴藉。崔颢的传世诗作大都严守格律，然而本诗却打破了律诗起、承、转、合的传统规范，别具一格。前三联层次分明、着意写景，尾联上句则笔锋陡转，然后末句以反问的句法收尾，点明本诗"何如此地学长生"的主旨。

崔颢两次进京，都在天宝年间，本诗劝人"学长生"，大概与当时尊奉道教、供养方士的社会风气有关。其实，诗人此次路过华阴，也与其他行客一样，都是要进京求仕，但他一见华山的高峻，联想到出尘脱俗的闲适自得，又想到自己为了名誉仕途终日奔波，难免感慨万千，因此在此劝喻旁人。综观全诗，诗人将神灵古迹与山河胜景熔于一炉，使得诗歌气势雄浑、意蕴深远，清人方东树曾评道："写景有兴象，故妙。"可说是极为精当。

【诗评】

此览华阴山水之胜，而有栖隐之意也。

——《唐诗训解》

月下独酌

李 白

花间一壶酒，独酌无相亲。
举杯邀明月，对影成三人。
月既不解饮，影徒随我身。
暂伴月将影①，行乐须及春②。
我歌月徘徊，我舞影零乱。
醒时同交欢，醉后各分散。
永结无情游③，相期邈云汉④。

注释：

①将：和。 ②及：趁着。 ③无情：忘情。 ④云汉：天河、银河。

赏析：

这是《月下独酌》四首中的第一首，表现了李白借酒浇愁的孤独苦闷心理。当时，唐朝开始败落，李林甫及其同党排除异己，把持朝政。李白性格孤傲，又"非廊庙器"，自然遭到排挤。但他身为封建士大夫，既无法改变现状，也没有其他前途可言，只好用饮酒、赏月打发时光，排遣心中孤寂苦闷。于是，有了这首诗。

本诗分为三个部分。头四句是第一部分，描写了人、月、影相伴对饮的画面。花间月下，"独酌无相亲"的诗人十分寂寞，于是将明月和自己的影子拉来，三"人"对酌。从一人到三"人"，场面仿佛热闹起来，但其实更加凸显出诗人的孤独。

第五句到第八句是第二部分。诗人由月、影引发议论，点明"行乐须及春"的主旨。"月既不解饮，影徒随我身"：明月和影子毕竟不能喝酒，它们的陪伴其实是徒劳的。诗人只是暂借月、影为伴，在迷醉的春夜及时行乐。诗人的孤单寥落、苦中作乐跃然纸上。

最后六句是第三部分。诗人慢慢醉了，酒意大发，边歌边舞。歌时，月亮仿佛在徘徊聆听；舞时，影子似乎在摇摆共舞。但是，当诗人一醉不起，月亮与影子就各自分开。诗人想和"月""影"真诚地缔结"永结无情游，相期邈云汉"之约，但它们毕竟"皆是无情物"，诗人的孤独苦闷溢于言表。

本诗用动写静，用热闹写孤寂，产生了强烈的艺术效果，既表现了诗人空有才华的寂寞，也表现了他孤傲不羁的性格。

【诗评】

脱口而出，纯乎天籁，此种诗人不易学。
——《网师园唐诗笺》

月下独酌，诗偏幻出三人。月影伴说，反复推勘，愈形其独。
——《唐诗三百首》

关山月

李 白

明月出天山①，苍茫云海间。
长风几万里，吹度玉门关②。
汉下白登道③，胡窥青海湾④。
由来征战地⑤，不见有人还。
戍客望边邑⑥，思归多苦颜⑦。
高楼当此夜，叹息未应闲。

注释：

①天山：今甘肃祁连山，古时匈奴称天为祁连，故名天山。②玉门关：在今甘肃敦煌西，相传和田美玉经此传入中原，因此得名，古时为中原通西域的门户。③汉下句：指汉高祖刘邦亲自率军与匈奴交战，被困白登山七日一事。④胡：指吐蕃。窥：窥伺。青海湾：即青海湖。唐军多与吐蕃交战于此。⑤由来：从来。⑥戍客：戍边的官兵。⑦苦颜：愁容。

赏析：

一轮明月升起在峻伟的天山，出没于苍茫云海之间。浩荡长风掠过几万里，吹度千古玉门雄关。历史上汉高祖用兵白登山征战匈奴，吐蕃觊觎青海河山，这里从古到今都是征战厮杀的地方，几乎看不到有人活着归还。戍边将士眼望着边地的城塞，思念起故乡，愁眉不展。他们家中的妻子在这个夜晚，也一定在闺楼上凭栏远眺，哀叹连连。

【诗评】

太白古乐府，窈冥惝恍，纵横变幻，极才人之致。

——《艺苑卮言》

长干行

李 白

妾发初覆额①，折花门前剧②。
郎骑竹马来，绕床弄青梅③。
同居长干里，两小无嫌猜。
十四为君妇，羞颜未尝开。
低头向暗壁，千唤不一回。
十五始展眉④，愿同尘与灰。
常存抱柱信⑤，岂上望夫台⑥。
十六君远行，瞿塘滟滪堆⑦。
五月不可触，猿声天上哀。
门前迟行迹⑧，一一生绿苔。

苔深不能扫,落叶秋风早。
八月蝴蝶黄,双飞西园草。
感此伤妾心,坐愁红颜老。
早晚下三巴⑨,预将书报家。
相迎不道远⑩,直至长风沙⑪。

注释:

①初覆额:头发刚刚盖住额头。②剧:游戏。③弄青梅:指绕床追逐,投掷青梅嬉戏。④始展眉:意谓情感开始于眉宇间展露出来。⑤抱柱:《庄子·盗跖》载,尾生曾与一女子约会于桥下,女子不来,潮水至而尾生却不离开,抱梁柱溺死。此处喻坚贞。⑥岂上句:意谓何曾想到要到望夫台去期盼丈夫的归来。⑦瞿塘:即瞿塘峡,长江三峡之一,位于重庆市奉节县东。滟(yàn)滪(yù)堆:瞿塘峡入口处的大礁石。每逢水涨,滟滪堆便为水所淹没,常有船只触礁而沉。⑧迟行迹:指丈夫离家时在门口留下的足迹。⑨早晚:何时。三巴:指巴郡、巴东、巴西,均在今重庆市东部。⑩不道远:不说远,不辞劳苦。⑪长风沙:地名,距金陵七百里。

赏析:

本诗为描写"商人妇"婚姻生活的叙事诗。诗歌以爱情为内容,通过商妇的自白,缠绵婉转地表达了她对在外经商的丈夫的思念和挚爱,也表现了她对待感情的执着。本诗人物形象鲜明完整,感情缠绵细腻;语言直白动人,格调清新悠远,属乐府佳作。其中,"青梅竹马""两小无猜"成为描写男女幼时情意的佳话。

开头六句,商妇追忆了与夫君"青梅竹马,两小无猜"的儿时情景。"十四为君妇"四句生动表现了商妇少女成婚时的娇羞,再现了两人新婚时的甜蜜情形。"十五始展眉"四句描写了两人婚后感情美满、恩爱有加的情形。"十六君远行"四句写丈夫远行经商后,商妇为之担惊受怕的心情。下四句写商妇深刻的相思。末四句写商妇期待夫君早回。这里,商妇对夫君热烈的爱、对见面的期待、心中隐藏的浓烈感情,都被诗人生动地表现了出来。

金陵酒肆留别①

李 白

风吹柳花满店香,吴姬压酒劝客尝②。
金陵子弟来相送③,欲行不行各尽觞④。
请君试问东流水,别意与之谁短长。

注释:

①金陵:今江苏南京市。②吴姬:指吴地酒店侍女。压酒:压糟取酒汁。③子弟:年轻人,李白的朋友。④欲行不行:将走的人和不走的人。觞(shāng):酒杯。

赏析:

和风送暖,柳花轻扬,金陵酒肆,满店清香。当垆的姑娘捧上新榨出的美酒劝诗人品尝,一群与诗人交好的年轻人前来为他饯行。

诗人有感于金陵子弟对待自己的一片热诚,因而恋恋不舍。将行者和送行者一次次饮尽杯中之酒,深情厚谊,让诗人感到门外的长江也难以与之比较短长。

全诗语简而味浓,依依别情,含蓄其中。

行路难

李 白

金樽清酒斗十千①,玉盘珍羞直万钱②。
停杯投箸不能食③,拔剑四顾心茫然。
欲渡黄河冰塞川,将登太行雪满山④。
闲来垂钓碧溪上⑤,忽复乘舟梦日边⑥。
行路难!行路难!多歧路,今安在?
长风破浪会有时⑦,直挂云帆济沧海。

注释:

①斗十千:一斗酒值十千钱。②珍羞(xiū):名贵的菜肴。羞:同"馐"。直:同"值"。③箸:筷子。④太行:太行山。⑤闲来句:相传姜子牙未遇周文王前曾在溪边垂钓。⑥忽复句:相传伊尹受商汤聘用之前,曾梦乘舟过日月之边。⑦长风句:南朝宋宗悫曾言志说:"愿乘长风破万里浪。"

赏析:

有金樽盛着的清洌佳酿,有玉盘盛着的珍贵菜肴,然而诗人举杯又住,欲食又停,撂下筷子,起身拔剑四顾,心绪茫然。世路艰难,诗人来到长安施展抱负,无奈欲渡黄河却有河冰相阻,欲登太行却看到白雪满山,起初的踌躇满志变成了如今的惆怅失意。他也曾神游在远古时代吕尚和伊尹先抑后扬的经历中,想要以前人事迹作为慰藉和自勉,但神游归来,现实却使他转而大声疾呼:行路难!歧路多!今后的道路又在哪里?

愤懑则愤懑矣,诗人并没有失去信心,因为他坚信总有一天会乘风破浪、纵横江海。

将进酒

李 白

君不见黄河之水天上来,奔流到海不复回。
君不见高堂明镜悲白发,朝如青丝暮成雪。
人生得意须尽欢,莫使金樽空对月。
天生我材必有用,千金散尽还复来。
烹羊宰牛且为乐,会须一饮三百杯①。
岑夫子,丹丘生②,将进酒,杯莫停。
与君歌一曲,请君为我倾耳听。
钟鼓馔玉何足贵③,但愿长醉不愿醒。
古来圣贤皆寂寞,唯有饮者留其名。
陈王昔时宴平乐④,斗酒十千恣欢谑⑤。
主人何为言少钱,径须沽取对君酌⑥。
五花马⑦,千金裘⑧,
呼儿将出换美酒,与尔同销万古愁。

注释:

①会须:正应当。②岑夫子、丹丘生:指岑勋和元丹丘。二人都是李白的朋友。③钟鼓馔玉:泛指豪门的奢华生活。钟鼓:指富贵人家宴会时使用的乐器。馔玉:精美的饭食。④陈王:指曹操之子曹植,曹植曾被封为陈王。⑤恣(zì):尽情。⑥径:直接地。⑦五花马:毛色呈五种花纹的良马。⑧千金裘:价值千金的皮衣。

赏析：

全诗融入了李白自长安放还以来胸中的诸多感慨，真实反映了他当时复杂而矛盾的思想感情，不但有对时光易逝、人生苦短的慨叹，有对人生应当及时行乐、放情言欢的强调，也有"天生我材必有用"的自我肯定，以及对"古来圣贤皆寂寞"的悲愤。这种种情感与愁绪的宣泄都是围绕"酒"字展开，诗人在酒中找到了解脱苦闷的方法，满腔的激愤也终于在此畅饮时刻得以喷薄而出。从他这种无所节制、恣意纵情的豪饮当中，我们能够深深感受到他内心难以言状的无奈和痛苦，并且为他哀而不伤、悲而能壮的洒脱情怀所打动。

【诗评】

全诗跌宕起伏，气象万千，纵逸处如大河奔流，一泻千里，委婉处又极尽劝侑之能，娓娓动听，李白之旷世诗情，永远可以穿越时空，震撼人心。

登金陵凤凰台①

李 白

凤凰台上凤凰游，凤去台空江自流。
吴宫花草埋幽径②，晋代衣冠成古丘③。
三山半落青天外④，二水中分白鹭洲⑤。
总为浮云能蔽日，长安不见使人愁。

注释：

①金陵：今江苏南京。凤凰台：凤凰台在金陵凤凰山上，相传南朝刘宋年间有凤凰集于此山，乃筑台，山和台也由此而得名。②吴宫：三国时吴国王宫。③衣冠：指名门望族。古丘：指坟墓。④三山：山名，在南京西南长江边上。⑤二水：秦

淮河经南京后入长江,被横于其间的白鹭洲分为二支。

赏析:

李白很少写律诗,而《登金陵凤凰台》却是唐代律诗中广为传诵的杰作。天宝三载,李白离开朝廷后,曾多次造访金陵,并写下诗文。这首诗作于天宝四载到十四载之间。相传,诗人崔颢登黄鹤楼时,写下了著名的《登黄鹤楼》。李白来到此地,触景生情,便要提笔作诗,但看到墙上崔颢的诗作之后,遂罢笔。不久,他又登临南京凤凰台,写下这首诗,与崔颢之诗相竞。

本诗首联写凤凰台的传说,十四字中连用三个"凤"字,却无重复之嫌,而且音节流转流畅明快。"凤凰台"在金陵凤凰山上,相传南朝刘宋永嘉年间有凤凰集于此山,乃筑台,山和台也由此得名。古时,凤凰是吉祥的象征。当年凤凰来游象征着王朝的兴盛;如今凤去台空,六朝的繁华也一去不复返了,只有悠悠长江水仍独自空流。

颔联承"凤去台空",诗人进一步发挥写吴宫、晋都。三国时的吴和后来的东晋,都建都于金陵。诗人观眼前金陵景象,感慨万分,说吴国昔日繁华的宫廷已经荒芜,东晋的一代风流人物也早已进入坟墓。那一时的显赫,最终又留下了什么呢?

颈联由怀古转到写景,对仗工整,气象壮丽。诗人没有沉浸在对历史的凭吊中,而把目光又投向大自然,投向那"三山""一水"。"三山"在金陵西南长江边上,三峰并列,南北相连。白鹭洲把长江分割成两道。诗人将三山在空中半隐半现、江水被沙洲分流两端的景象描写得恰到好处。这两句诗气象壮丽,对仗工整。

尾联写诗人由六朝帝都金陵联想到了唐都长安,登高远望,视线却为浮云所蔽。此联寄寓深意:长安是朝廷之所在,日是帝王的象征。这两句诗暗示皇帝被奸邪包围,而自己报国无门,心情沉痛。"不见长安"暗点诗题的"登"字,诗人触境生愁,意寓言外。

本诗与崔诗相比,正如方回《瀛奎律髓》所说:"格律气势,未易甲乙。"但本诗抒发了诗人忧国伤时的怀抱,意旨更为深远。

【诗评】

爱国忧君意,远过乡关之念,善占地步矣。

——《归田诗话》

早发白帝城

李 白

朝辞白帝彩云间①,千里江陵一日还。
两岸猿声啼不住,轻舟已过万重山。

注释:

①白帝:白帝城,在今重庆奉节。

赏析:

肃宗乾元二年(759年)三月,李白流放夜郎,取道四川赴贬地,行至夔州白帝城,遇赦得还。李白忽闻赦书,惊喜交加,旋即放舟下江陵,故诗题又作"下江陵"。本诗是一篇富于意境的经典名篇,诗人把疾迅的舟行和两岸景色风物融为一体,通过飞舟疾下的画面生动表现了他获赦的喜悦欢快心情。

首句写早上开船时的情景:诗人清晨辞别江边山顶上的白帝城,此刻白帝城云雾缭绕,云雾在初升的太阳的照耀下显得色彩缤纷,非常漂亮。诗人从山下仰望,白帝城就像藏在彩云中间一样。"彩云间"三字,极写白帝城的高峻,为全篇写船下水行快作好铺垫。这一句同时交代了辞别的时间是彩云萦绕的早晨。诗人在这曙光初灿的清晨，告别白帝城，兴奋之情溢于言表。

第二句紧承上句，写江陵之远，舟行之迅速。"千里"形容路程之远，"一日"说明行舟之快。"千里"和"一日"，诗人用空间之远与时间之短做悬殊对比，更加突写了船快。更妙的还是"还"字，将诗人急于"回家"的急切心情表现得淋漓尽致，也隐隐透露出诗人遇赦还乡的喜悦。

三、四句转到对途中两岸景物的描绘上，实际上是对上句的具体描述。古时长江三峡，常有高猿长啸，然而何以"啼不住"呢？只因舟行如飞，两岸风光目不暇接，诗人听着不绝于耳的猿啼声，不知不觉，"轻舟已过万重山"。"轻"字再次强调舟行之快，从中可以看出诗人心情舒畅、归心似箭。"猿啼不住"与"轻舟已过"相互映衬，描绘出一幅雄伟壮丽的锦绣山河图，表达了诗人不畏艰难险阻、毅然前进的胸襟和气概。

全诗洋溢着诗人经过艰难困苦之后突然迸发的一种激情，雄峻而欢悦，使人神往。

黄鹤楼送孟浩然之广陵

李 白

**故人西辞黄鹤楼，烟花三月下扬州。
孤帆远影碧空尽，唯见长江天际流。**

赏析：

唐玄宗开元十八年春，李白正游历于汉口一带，恰逢落第而归的孟浩然要东游吴越，李白为之送行。而两位风流潇洒的伟大诗人之间的离别，无疑是一种诗意的离别。李白作为一位浪漫诗人，在写下本诗时自然充满浓郁的畅想。本诗为送别诗的经典名篇。诗人把对友人无限眷恋、难舍难离的惜别深情，借孤帆渐渐在碧空消失，唯见长江水在天际流的场景，含蓄生动地表现出来，情景交融，余味不尽，给人无限的美感享受。广陵，今江苏扬州市。

首句点明送别的地点——黄鹤楼。唐代黄鹤楼处于武昌西黄鹤矶上，踞山临江，得形势之要，登楼八面来风，凭栏可极目千里，素有"天下江山第一楼"的美誉。登临送客，诗人自然诗兴大发，文思泉涌。友人要走了，还是在曾经共游的胜地分手，诗人心中的惋惜、不舍之情自是不用言说。

次句写明送别的时间——阳春三月和友人的去处——扬州。诗人在"三月"前加上"烟花"二字，将送别的环境描绘得诗意十足，不仅再现了那暮春时节、繁华之地的迷人景色，而且也透露了开元盛世的时代气氛。"下扬州"之扬州，更是当时最繁华的都会。在这春光明媚的时节，老朋友要去那繁华的大都市扬州，诗人不禁心生羡慕。

但最妙的还是后两句以景写离情，表现了老朋友离去之后诗人的惆怅。诗人伫立江边，目送孤帆远去。直到帆影消失在碧空尽头，翘首凝望的诗人才注意到"唯见长江天际流"，足可见他目送时间之长。这两句实写的是眼前景象，可是谁又能说这是单纯地写景呢？诗人对老朋友的一片深情，还有无限的向往之情，不正像这浩浩东去的一江春水吗？

寓离情于写景中，以景物写出离愁，是本诗的最大特色。诗人将当时的所见、所闻、所感巧妙地融合在一起，将对友人的依依不舍之情表现得淋漓尽致。全诗文字绮丽，意境优美，为千古丽句。

【诗评】

诗文表达了李白对孟浩然的厚谊深情，其中"烟花"一句尤为人们称颂，它写意传神地表现了江南三月轻烟薄雾、繁花似锦的景色，寄寓着诗人对孟浩然此行前景的美丽想象。

望 岳

杜甫

岱宗夫如何①？齐鲁青未了。
造化钟神秀②，阴阳割昏晓。
荡胸生层云，决眦入归鸟③。
会当凌绝顶④，一览众山小。

注释：

①岱宗：对泰山的尊称。②钟：赋予，集中。③决眦句：意指山高鸟小，远望飞鸟，几乎要睁裂眼眶。决：裂开。眦（zì）：眼眶。④会当：终当。

赏析：

本诗约作于开元二十四年（736年），是诗人现存诗中创作年代最早的一首。《望岳》共有三首，分别歌咏了东岳泰山、南岳衡山和西岳华山。本诗是诗人第一次游历齐赵登泰山时所作。当时诗人站在五岳之尊的泰山之巅，心中涌现出无限感慨，于是挥笔写下了这首传世佳作。全诗朝气蓬勃，意蕴深远。

诗的前六句实写泰山之景。

前两句紧扣一个"望"字。第一句以设问的形式，写出了诗人初见泰山时的兴奋、惊叹和仰慕之情。第二句是以距离之远来烘托泰山之高。泰山南面鲁，北面齐，但是远在齐鲁两国国境之外就能望见，可见其高。"青未了"意思是说苍翠山色绵延无际。这句诗既写出了泰山周围的地理风貌，也突出了泰山山脉绵延的特点。

三、四句描绘诗人从近处看到的泰山，具体展现了泰山的秀丽之色和巍峨之态。"造化钟神秀"是说大自然好像对泰山情有独钟。一个"钟"字，将大自然拟人化,写得格外有情,好像大自然将灵秀之气全部赋予了泰山。"阴阳割昏晓"是写泰山极高,阳面和阴面判若晨昏。其中"割"字用得极妙,形象地刻画出泰山雄奇险峻的特点。

　　五、六句写诗人细望泰山所见之景。只见山中云雾弥漫,令人心怀激荡。由"归鸟"可知,当时已是傍晚,而诗人还在入神赏望。这两句从侧面体现出了泰山之美。

　　七、八句写诗人望泰山时的感受。"会当凌绝顶,一览众山小"两句诗,抒发了诗人不畏困难、敢于攀登绝顶的雄心壮志,表现出一种昂扬向上、积极进取的精神。这两句诗千百年来一直广为传诵,时至今日,依然具有普遍的激励意义。

　　全诗以"望"字统摄全篇,结构紧密,意境开阔,情景交融,形象鲜明,同时又不失雄浑的气势。

【诗评】

　　四十字气势欲与岱岳争雄。次句写得高远意出,三、四奇峭,所谓语不惊人死不休也。

——《唐宋诗醇》

　　"齐鲁青未了"五字,已尽泰山。

——《唐诗别裁》

观公孙大娘弟子舞剑器行[①]并序

杜 甫

　　大历二年十月十九日,夔府别驾元持宅,见临颍李十二娘舞剑器,壮其蔚跂,问其所师,曰:"余公孙大娘弟子也。"开元五载,余尚童稚,记于郾城观公孙氏舞剑器浑脱,浏漓顿挫,独出冠时,自高头宜春、梨园二伎坊内人,洎外供奉,晓是舞者,圣文神武皇帝初,公孙一人而已。玉貌锦衣,况余白首;今兹弟子,亦非盛颜。既辨其由来,知波澜莫二。抚事慷慨,聊为《剑器行》。昔者吴人张旭,善草书书帖,数常于邺县见公孙大娘舞西河剑器,自此草书长进,豪荡感激,即公孙可知矣。

昔有佳人公孙氏,一舞剑器动四方。
观者如山色沮丧②,天地为之久低昂。
㸌如羿射九日落③,矫如群帝骖龙翔④。
来如雷霆收震怒,罢如江海凝清光。
绛唇珠袖两寂寞⑤,晚有弟子传芬芳⑥。
临颍美人在白帝⑦,妙舞此曲神扬扬。
与余问答既有以⑧,感时抚事增惋伤。
先帝侍女八千人⑨,公孙剑器初第一。
五十年间似反掌,风尘澒洞昏王室⑩。
梨园子弟散如烟,女乐余姿映寒日⑪。
金粟堆前木已拱⑫,瞿塘石城草萧瑟⑬。
玳筵急管曲复终⑭,乐极哀来月东出。
老夫不知其所往,足茧荒山转愁疾。

注释:

①公孙大娘:唐玄宗开元间著名的女舞蹈家。②色沮丧:惊讶失色的样子。③㸌(huò):闪光貌。羿:后羿。④矫:矫捷。群帝:群仙。骖(cān):驾驭。⑤绛唇:指歌。珠袖:指舞。⑥芬芳:公孙大娘舞蹈的精华。⑦临颍美人:指李十二娘。⑧既有以:即序中"既辨其由来"之意。⑨先帝:指唐玄宗。⑩澒(hòng)洞:弥漫无际的样子。⑪女乐余姿:指李十二娘的舞蹈犹存着开元盛世的风貌。⑫金粟堆:位于金粟山的玄宗陵。木已拱:意谓墓前的树木已长得双手可以合抱了。⑬瞿塘石城:指白帝城。⑭玳筵:玳瑁饰制的弦乐器。急管:节奏急促的管乐。

赏析：

杜甫在夔州看到李十二娘舞剑，问其师从何人，得知她是公孙大娘的弟子。公孙大娘是开元年间著名的舞蹈家，尤善舞剑，每当剑舞一起，观者如山，天地嗟叹。那闪烁的剑光，好似后羿射下的太阳划过天际，她矫健的身姿，有如仙子乘龙凌空飞翔，至于气势，发如雷霆震怒，收若江海凝光。在玄宗能歌善舞的八千侍女当中，公孙大娘的剑舞首屈一指。

与已不年轻的李十二娘谈及往事，作者与她都不胜伤感，倏忽而过的五十年间，盛衰巨变，玄宗墓前的树木已然可以合抱，公孙大娘也已寂寂无闻，而她的高徒则流落至此偏远山城。

最后一支乐舞结束的时候，月亮升起于东天，作者沉浸在更为深切的悲慨之中，心绪烦乱。他不顾脚茧碍步，漫无目的地疾走在荒山野地之间。

【诗评】

此诗见剑器而伤往事，所谓抚事慷慨也。故咏李氏，却思公孙；咏公孙，却思先帝。全是为开元五十年治乱兴衰而发。

——《杜臆》

春 望

杜 甫

国破山河在①，城春草木深②。
感时花溅泪，恨别鸟惊心。
烽火连三月③，家书抵万金④。
白头搔更短⑤，浑欲不胜簪⑥。

注释：

①在：依旧。②草木深：指草木丛生。③烽火：战火。连三月：三月不断，指整个春天。④抵：值，相当。⑤白头：白发。⑥浑：简直。不胜簪：插不上发簪。

赏析：

大乱之年，山河依然如故，国家却已是残破不堪。春来，被叛军焚掠过后的长安城杂草丛生、乱树幽深，一派凄凉景象。虽然也能见到春花，听到鸟鸣，但这一点美好的东西更是让作者感慨今昔巨变，他因见春花而泪洒花上，闻鸟鸣而动魄惊心。

连月不灭的烽火，让家国支离破碎，让人们颠沛流离，家书一封是万金难换的，作者已然因国事而忧恨重重，又因惦念家人安危而寝食难安，陷入了无尽的愁烦与焦急当中。焦愁的他不停地搔弄着自己的白发，以至于白发短而又短，近来，连发簪也难以插牢。

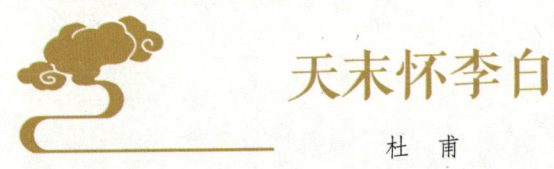

天末怀李白

杜 甫

凉风起天末①，君子意如何？
鸿雁几时到②？江湖秋水多③。
文章憎命达④，魑魅喜人过⑤。
应共冤魂语⑥，投诗赠汨罗⑦。

注释：

①天末：天边。②鸿雁：指书信。③秋水多：指路途艰难多险。④文章句：意谓文采出众的人总是命途多舛。⑤魑魅句：意谓鬼怪精灵则是喜人之过。实指

李白受谗蒙冤流放之事。⑥冤魂：指屈原。⑦汨罗：汨罗江，屈原投水处，在今湖南湘阴。

赏析：

诗人因为天边刮来凉风而怀想李白，他满含深情地向风中寄语：不知道你现在的心情是什么样的啊？他盼望着朋友的一纸书信，因为在凄凉肃杀的季节里，江湖的水处处有风波险阻，朋友的安危牵动着诗人的心。李白的不平遭遇引起了诗人内心深处的共鸣，他要安慰李白，流传后世的文章不出自命运显达者之手，世上的邪恶奸佞总在盯着人的过失。满腹的冤屈可以写成诗文投到汨罗江中，向那含冤而死，但是高洁一世的屈原诉说衷肠。

【诗评】

> 盖文章不遇，魑魅见侵，夜郎一窜，几与汨罗同冤，说到流离生死，千里关情，真堪声泪交下，此怀人之最惨怛者。
> ——《杜诗详注》

旅夜书怀

杜 甫

细草微风岸，危樯独夜舟①。
星垂平野阔，月涌大江流。
名岂文章著，官应老病休②。
飘飘何所似？天地一沙鸥。

注释：

①危樯（qiáng）：高耸的船桅杆。独夜舟：夜晚独自行舟。②老病休：因年老多病而离职。

赏析：

微风吹拂着江岸细草，诗人的孤舟停泊在岸边。星光闪烁，天幕低垂向平野尽头；江水粼粼，拥着月光流向远方。诗人眼观壮阔景象，俯思人生得失，以往坎坷的遭遇，眼下凄凉的境况，让他时而发出"名声岂止是因为我文章作得好"的悲问，时而又转向"年老多病也就应该辞官退休"的沉吟。平静下来，他知道明天依然是孤独漂泊，不禁自问自答地叹道：我这样飘然一身像个什么？不过像广阔天地间的一只沙鸥罢了。诗文蕴含着杜甫才不见用、志不得展的孤愤，还有他老病无靠、转徙漂泊的悲哀。

【诗评】

通首神完气足，气象万千，可当雄浑之品。

——《瀛奎律髓》

蜀 相①

杜 甫

丞相祠堂何处寻？锦官城外柏森森②。
映阶碧草自春色，隔叶黄鹂空好音。
三顾频烦天下计③，两朝开济老臣心④。
出师未捷身先死⑤，长使英雄泪满襟。

注释：

①蜀相：指三国时蜀国丞相诸葛亮。②锦官城：指成都。③三顾：指刘备三顾茅庐一事。频烦：同"频繁"。④两朝：指先主刘备、后主刘禅两朝。开济：开创基业，匡危济难。⑤出师句：蜀建兴十二年（234年），诸葛亮出师伐魏，因积劳成疾病逝于五丈原。

赏析：

诗题《蜀相》指三国时蜀国丞相诸葛亮。东汉建安二十六年（221年），刘备在蜀称帝，国号为汉（后人称蜀汉），以诸葛亮为丞相。

这首诗是上元元年（760年）春，杜甫刚刚弃官来到蜀地，游武侯祠时所作。诗人通过描写蜀相诸葛亮一生的功绩，表达了自己对诸葛亮的敬仰、惋惜之情，并赞扬了诸葛亮鞠躬尽瘁、死而后已的精神。这首诗集游览与咏史于一身，意味颇深。

全诗在内容上分为写景和叙事两部分，每部分各四句话。

前四句是第一部分，着力描写武侯祠堂的景色。首联两句一问一答，构成设问句式。自问自答之中，点明了祠堂的位置及四周的风貌：在相距几里地之远的锦官城外，翠柏郁郁葱葱，排列成林。第二联的两句话分别与首联中的"堂"与"柏"相应，一个"自"和一个"空"字，凸显出了祠堂荒凉的景象。同时这两句话也写出了祠堂无人凭吊的悲哀。

后四句叙事，是全诗的第二部分。诗人用"天下计""老臣心"分别写出了诸葛亮的雄才大略和鞠躬尽瘁、死而后已的报国忠诚。"出师"两句则流露出诗人对诸葛亮未能实现夙愿的惋惜之情。此时的杜甫正仕途失意，虽有报效国家、拯救百姓的宏愿，无奈生不逢时，怀才不遇，一身才华终无用武之地。所以第二部分的四句话虽然字面上在写诸葛亮，实际上诗人已经把自己和诸葛亮联系起来。尾联两句既是诗人对英雄丰功伟绩的渴望，同时又是对自己壮志难酬的哀叹。

全诗以景开篇，在叙事中抒情结尾，寓情于景，情景一体，渲染出一种慷慨凄凉的氛围。

【诗评】

悲凉慷慨，吊古深情，淋漓于杵墨之间。

——《唐七律隽》

闻官军收河南北

杜甫

剑外忽传收蓟北①,初闻涕泪满衣裳。
却看妻子愁何在,漫卷诗书喜欲狂②。
白日放歌须纵酒③,青春作伴好还乡④。
即从巴峡穿巫峡,便下襄阳向洛阳。

注释:

①剑外:剑门关外。此指蜀地。蓟北:指今河北北部地区,是安史叛军的根据地。②漫卷:胡乱卷起。③放歌:放声歌唱。④青春:指春光正好。

赏析:

本诗是诗人寓居梓州时,听说官军收复河南河北狂喜而作,诗人通过描写自身的神态、动作和心理,鲜明真切地表达了他无限喜悦兴奋的心情。

全诗通篇表现一"喜"字,抒写了诗人忽闻叛乱已平的捷报,急于奔回老家的喜悦情景。起句来势迅猛,恰切地表现了捷报的突然。次句直写诗人闻知喜讯后喜极而泣的场面。"初闻"紧承"忽传"。"涕泪满衣裳"以形传神,再现了诗人"初闻"捷报的刹那所迸发出的感情波涛,逼真地

表现了诗人喜极而悲、百感交集的心情。颔联以转作承，落脚于"喜欲狂"，用"却看妻子""漫卷诗书"两个连续动作，表现诗人惊喜的情感洪流所涌起的更高洪峰。当诗人"涕泪满衣裳"之时，自然想到多年来同甘共苦的妻子儿女。在颈联中，诗人就"喜欲狂"作进一步抒写，并设想自己回乡的情景。"青春"指春季，春天已经来临，诗人在鸟语花香中与妻子儿女"作伴"，正好"还乡"。回乡有期，又怎能不"喜欲狂"！尾联写诗人狂想展翼而飞，身在梓州，弹指之间，心已回到故乡。诗人惊喜的感情洪流于洪峰迭起之后卷起连天高潮，全诗至此结束。

【诗评】

本一气流注，不见句法字法之迹。

——《唐诗别裁》

登 高

杜 甫

风急天高猿啸哀，渚清沙白鸟飞回①。
无边落木萧萧下，不尽长江滚滚来。
万里悲秋常作客，百年多病独登台②。
艰难苦恨繁霜鬓③，潦倒新停浊酒杯④。

注释：

①渚：水中的小洲。回：回旋。②百年：一生。③繁霜鬓：两鬓白发日增。④潦倒句：这时杜甫正困顿多病而戒酒。

赏析：

这首诗是杜甫于大历二年（767年）秋寄寓夔州时所作。诗人描绘了自己登高时所见的秋江之景，借此抒发了自己独自在外漂泊，孤苦无依的愁苦之情。本诗被称为"古今七言律诗之冠"。

首联围绕夔州的特定环境，写登高所见景象。夔州向以猿多著称，峡口更以风大闻名。秋日天高气爽，这里却猎猎多风。诗人登上高处，峡中不断传来"猿啸"之声，使人不禁想到"空谷传响，哀转久绝"之语。颔联集中描写了夔州秋天凄清肃杀、空旷辽阔的景色。诗人仰望苍茫无边、萧萧而下的木叶，俯视奔流不息、滚滚而来的江水，借景抒情，表达了自己凄苦的情怀。"无边"与"不尽"，"萧萧"与"滚滚"不仅对仗工整，而且放大了落叶、江水的阵势，将枯叶飘落时窸窣的声音，江水奔流时汹涌的情状描写得惟妙惟肖。首联和颔联描写秋景却未着一个"秋"字，直到颈联，诗人才通过"万里悲秋常作客"一句，明确点出了"秋"字。诗人"独登台"，目睹眼前苍凉萧索的秋景，不禁联想到自己漂泊异乡，年老多病，孤独无助的凄惨处境，于是顿生无限悲愁。最后，诗人将这深深的悲愁"归罪于"秋，认为是这秋景使自己如此悲伤，于是说"万里悲秋"。"常作客"说明诗人常年在外漂泊，居无定所。"百年"在这里指人到暮年。首联、颔联、颈联给人一种"飞扬震动"的感觉，而尾联突然以"软冷收之"。诗人这种写法，更使人感到一种深深的悲凉、凄惨之情。

统观全诗，前四句为写景，后四句为抒情。首联就像一幅工笔画一样，将眼前的具体景物从形、声、色、态等各方面进行描绘；颔联则像一幅写意画，将秋天肃杀的气氛渲染得淋漓尽致；颈联从时间、空间两方面进行叙述，写出了诗人漂泊在外、病苦迟暮的悲伤；尾联写诗人疾病逐日加重，终日困顿潦倒，而造成这一切的"罪魁祸首"却是艰难纷乱的世事。通过这两句，诗人将自己忧国忧民的情怀表露了出来。

【诗评】

一篇之中句句皆律，一句之中字字皆律，而实一意贯通，一气呵成。骤读之，首尾未尝有对者，胸腹若无意于对者；细绎之，则锱铢钧两，毫发不差，而建瓴走坂之势，如百川东注于尾闾之窟。至用句用字，又皆古今人必不敢道、决不能道者，真旷世之作也。

——《诗薮》

山居秋暝①

王 维

空山新雨后，天气晚来秋。
明月松间照，清泉石上流。
竹喧归浣女，莲动下渔舟。
随意春芳歇②，王孙自可留③。

注释：

①秋暝：秋天的傍晚。②随意春芳歇：意谓春花要凋谢就凋谢吧。③王孙自可留：王孙可以在此居住。《楚辞·招隐士》有"王孙游兮不归，春草生兮萋萋"和"王孙兮归来，山中兮不可久留"句，意思是说，既然春天已过，王孙就请归来吧，山中冷清，不可长久居住。本诗反用其意，抒发的是作者愿居山林而不愿返回喧嚣市朝的情怀。

赏析：

空山新雨过后，秋凉渐渐透出，山林中一派爽洁之气。如水的月光倾泻松间，清清的泉流淌于石上。竹林间响起阵阵喧闹声，那是年轻的女子们浣纱归来；池塘中荷叶摇动，那是渔舟在顺水行走。这有如世外桃源一样的地方必要到尘世之外才能得到，《楚辞·招隐士》中说：王孙兮归来，山中兮不可久留。隐居山中的诗人却说：这里即使不是春天也非常美丽，王孙们可以留下吧。

相 思

王 维

红豆生南国，春来发几枝？
愿君多采撷①，此物最相思。

注释：

①撷（xié）：摘。

赏析：

本诗另题为《江上赠李龟年》，可以看出是诗人思念友人，借咏物寄托相思之情之作。

"南国"是红豆的产地，也是友人的所在地。首句"红豆生南国"因物而起兴，语句简单却形象饱满。紧接着，"春来发几枝"一句轻声发问，承接自然。诗人用问句的形式，使诗的语气变得亲切自然。在这里，诗人只问红豆不问友人，其实恰恰是借询问生长在南国的红豆来问候身在南国的友人。这一句借物传情，语浅情深，语淡情浓，耐人寻味。接下来一句，诗人寄语他人多多采摘红豆，仍然是言在此处而意在彼处。这一句表面看来，诗人只是劝友人多多采摘红豆，其实诗人是以红豆借指自己的思念，暗示自己对友人深厚的情谊；同时，这一句还隐含着诗人对友人殷殷的期盼：友人采摘红豆的时候，应该也会思念自己吧！诗人以这样含蓄隽永的方式表露内心的情怀，使诗情曲折而动人，语意深沉而绝妙。末句"此物最相思"点明题意，"相思"和第一句的"红豆"相照应，不但切合"相思子"之名，且又与相思之情相关联，具一语双关之妙。

【诗评】

"愿君……"者,即谆嘱无忘故人之意。

——《唐诗评注选本》

九月九日忆山东兄弟

王 维

独在异乡为异客,每逢佳节倍思亲。
遥知兄弟登高处,遍插茱萸少一人①。

注释:

①茱萸(yú):落叶小乔木,开小黄花,有浓香,古人每逢重阳佩插它以辟邪。

赏析:

这首诗是王维十七岁旅居长安时所作。九月九日重阳节本是亲人团聚的佳节,但诗人为考取功名,旅居长安,孤身独处,难免在这一日生起思亲之情,于是写下这首诗。

在本应合家团圆的"佳节",诗人却独处异乡,非常思念家人,其悲凉寂寥的生活可见一斑。本诗第一句点题,一个"独"字点出了诗人的寂寞。"异乡为异客"只是说客居他乡,然而两个"异"字所形成的艺术效果,却较之一般地述说客居他乡要更加强烈。诗人"孤独无依"和"遇逢佳节"的处境,为下面做了充足的铺垫,使那句流传千古的名句"每逢佳节倍思亲"水到渠成。第三、第四两句是说,今日,身在遥远故乡的兄弟们带着茱萸登高之时,却发现少了一个兄弟。在这里,诗人觉得遗憾的似乎并不是自己不能回家过节,反而是兄弟们不能团聚在一起。诗人自己独自客居他乡的处境似乎并不值得倾诉,反而是兄弟们的遗憾之感更需要安慰。这种转换角度的曲笔写法看似有悖常理，却收到了比平铺直叙更生动的效果。

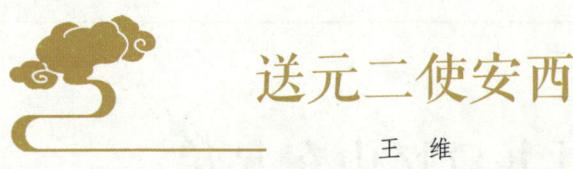

送元二使安西

王维

渭城朝雨浥轻尘①，客舍青青柳色新。
劝君更尽一杯酒，西出阳关无故人②。

注释：

①浥：润湿。②阳关：在今甘肃敦煌西南，与玉门关一南一北，均为通西域的要隘。

赏析：

这是一首送别友人的名作，写诗人送别友人出使安西的情景，表现了诗人家乡的风光美好、人情淳朴和诗人对故人的深厚情谊，抒写了诗人与故人惜别的怅惘感伤之情。本诗流传很广，更被谱入乐曲《阳关三叠》，成为千古绝唱。安西，是唐中央政府为统辖西域地区而在龟兹城设立的安西都护府的简称，治所在今新疆库车县境。唐代时，从长安往西去，都要在渭城这里送别。渭城即秦都咸阳故城，在长安西北，渭水北岸。

诗的开头两句交代了诗人和友人分别的时间、地点和环境氛围：清晨，渭城旅舍；自东向西延伸、一望无际的驿道；驿道两旁、旅舍四周的柳树……这一切本是平淡无奇的景观，在这首诗中出现却令人顿觉风光如画、抒情意味极浓。寻其缘由，大概是因为"朝雨"在这里起了非常关键的作用。这场雨很小，仅仅能打湿尘土。此处西去的大路，往日车马飞奔，总是尘烟四起，今天却因这场"朝雨"显得干净、清新。三、四两句语意连贯，将一个最普通的送别场面写得非常感人。临别在即，千言万语却无从说起，无言的沉默只能令人更加伤感，因而诗人"劝君更尽一杯酒，西出阳关无故人（再干了这杯吧，出了阳关，可就再难见到老朋友了）"，企图打破这种沉默，也表达了他对朋友的深情厚谊。这"一杯酒"融入了诗人的全部感情，不仅有依依惜别的不舍，也有对友人即将面临处境的担忧，更有希望友人一路珍重的美好祝愿。

总之，本诗语短情长，风流蕴藉，诚挚的惜别之情更使它适合于许多饯行宴席，因此后来被编入乐府，成为传唱不衰的名曲。

春 怨

刘方平

纱窗日落渐黄昏，金屋无人见泪痕①。
寂寞空庭春欲晚，梨花满地不开门。

注释：

①金屋：汉武帝少时曾言愿筑金屋藏其表姐阿娇。这里指妃嫔所居之华丽宫室。

赏析：

诗的第二句暗用"金屋藏娇"典，点出了这是一首宫怨诗。女主人公虽然得住金屋，却冷冷清清，无人关怀问候。随着日影移动，天近黄昏，她的新泪痕盖过了旧泪痕。眼看着春天就要过去了，她寂寞的庭院里落满了凋零的梨花，诗中写"梨花满地不开门"，含蓄而深刻地烘托出女主人公心境的无限凄凉。

古 意

李颀

男儿事长征①,少小幽燕客②。
赌胜马蹄下,由来轻七尺③。
杀人莫敢前④,须如猬毛磔⑤。
黄云陇底白云飞⑥,未得报恩不得归。
辽东小妇年十五,惯弹琵琶解歌舞。
今为羌笛出塞声,使我三军泪如雨。

注释:

①事长征:从军远行。②幽燕:幽州和燕地,地址在今河北北部及辽宁一带,此处指代边塞。③轻七尺:轻性命。④杀人句:意谓厮杀时勇猛无敌,无人敢上前。⑤猬:刺猬。磔(zhé):张立的样子。⑥陇:山地。

赏析:

题为《古意》,标明是一首拟古诗。诗写戍边将士儿郎的铁骨柔肠。这些健儿都是少小离家从军,守卫在陇上黄云笼罩、内地白雪纷飞的边地,拼杀在刀光剑影、血雨腥风的战场,以决断胜负为人生乐事,都立下誓言要报效君恩,轻忽生死,重于大义。然而一精于歌舞的辽东少妇用羌笛演奏了《出塞》一曲,就让三军将士泪如雨下,原来铮铮硬汉心中也深藏乡愁,只是平日里未被触动罢了。全诗语言顿挫有致,抒情跌宕起伏,可谓情韵并茂。

【诗评】

前半篇写幽燕将士壮志豪情,"辽东小妇"两句转写柔情,似断实连,诗意转深,情更动人。

古从军行

李 颀

白日登山望烽火,黄昏饮马傍交河①。
行人刁斗风沙暗②,公主琵琶幽怨多③。
野云万里无城郭,雨雪纷纷连大漠。
胡雁哀鸣夜夜飞,胡儿眼泪双双落。
闻道玉门犹被遮,应将性命逐轻车④。
年年战骨埋荒外,空见蒲桃入汉家⑤。

注释:

①交河:在今新疆吐鲁番县西北。②刁斗:古代军中白天来烧饭,晚上用来敲击巡更的铜器。③公主句:指汉武帝时将江都王之女远嫁乌孙一事。④闻道两句:意谓已然出了玉门关就没有归去的道路,只能追随将领一同出生入死。⑤蒲桃:即葡萄。

赏析:

在边塞,战士们白天登山守望烽火,黄昏又到交河边上让马儿喝水,那一路的风沙尘日,怕只有和亲的公主和经过那里的行人才有最深最真的体会。

边塞之地,渺无人烟,由军营四望,万里空旷,不见城镇。雨雪来时,纷纷洒洒连接着大漠。这样恶劣的环境，即便是生长在那里的胡人也常为之愁苦不堪。

威尊命贱，君王一声令下，将军踏上战车，士卒跟随在后，从此远征绝域，不得归路。若问年年战亡者的尸骨埋没在荒草之中到底换到了什么，换来的不过是一串串葡萄献入汉家宫廷。

诗文一句紧接一句，直到最后一句画龙点睛，旨在讽刺帝王好大喜功，穷兵黩武，视人民生命如草芥的行径。

桃花溪

张 旭

隐隐飞桥隔野烟，石矶西畔问渔船①。
桃花尽日随流水，洞在清溪何处边？

注释：

①矶（jī）：水边突出的岩石。

赏析：

这是一首描写景物的诗，是借陶渊明《桃花源记》的意境而作的。

本诗从远处入笔，描写山谷幽深，云雾缭绕，恍若仙境。首句写远景：横跨山溪上的长桥在云烟中忽隐忽现，似有似无，恍若在虚空里飞腾。在这里，桥的静和烟的动相得益彰：野烟将桥的静化为动，使桥看上去缥缈虚无；桥将野烟的动转为静，让烟宛如垂挂的轻纱帷幔。隔着这"帷幔"看桥，别有一番朦胧之美。随后，诗人的写作视角移到近处，描写桃花溪水，渔船轻摇，询问渔人，寻觅桃源。第二、三句写近景。近处，如岛如屿的岩石突出水面，溪水上漂流着朵朵桃花。碧波之上，小舟轻泛，空灵现于朦胧之中。诗人站在古老的石矶之旁，看着溪上漂流不尽的桃花瓣及渔船遐想，自然地想到那"林尽水源"，恍恍惚惚之间，仿佛将眼前的渔人当成当年曾走进桃花源里的武陵渔人。因此，那"问"

字就顺口说出。这一"问"字,使诗人自己也进入了画面中,令读者在这一山水画里,不仅见到了山水的秀美风光,还见到了人物的情态。"问渔船"三个字,生动地展现出诗人一心向往的情态。诗人问得很有趣:"桃花尽日随流水,洞在清溪何处边?"他仿佛真的以为这随水漂流的桃花瓣是从桃花源中流过来的,因此由桃花联想到进入桃花源的洞。诗至此戛然而止,但尾句的问题却又引人无限遐思。诗人的笔墨精巧轻快,从远及近,从实到虚,接连变化角度来展示景物。同时,诗人又不进行繁复、细腻的描绘,只是轻描淡写,勾勒轮廓,融情于景,让诗成为一幅写意画作,悠远蕴藉。

望洞庭湖赠张丞相

孟浩然

八月湖水平①,涵虚混太清②。
气蒸云梦泽③,波撼岳阳城。
欲济无舟楫④,端居耻圣明⑤。
坐观垂钓者,徒有羡鱼情⑥。

注释:

①湖水平:湖水涨得饱满。②涵虚:水气浩渺的样子。太清:天空。③云梦泽:古大泽名,包括今湖南湖北两省的部分。④济:渡。舟楫:船只。⑤端居:闲居。耻圣明:有愧于此圣朝明世。⑥坐观两句:这两句是作者将"临渊羡鱼,不如退而结网"的古语另翻新意。

赏析:

这首诗从大处落笔,通过浩瀚的湖水、蒸腾的水汽、澎湃的波涛等景色,表现洞庭湖的水天一色、汪洋壮阔。全诗气势磅礴,格调雄浑。诗题中的张丞相指

张九龄。

　　这是一首干谒诗。所谓"干谒"，即是向达官贵人呈献诗文，以求引荐录用。玄宗开元二十一年（733年），孟浩然西游长安，将本诗献予当时的丞相张九龄，以求录用。全诗颂对方，而不过分；乞录用，而不自贬，不亢不卑，十分得体。

　　诗的前两联写洞庭湖波澜壮阔、气势雄伟的景象，象征开元的清明政治。首联写洞庭湖的汪洋浩瀚，水天相接，容纳百川。颔联写洞庭湖的水汽和烟波，烟波浩渺，润泽万物。而"波撼"两字放在"岳阳城"上，衬托出湖水的澎湃有力。在湖波的激荡下，湖滨的岳阳城也变得不安起来。诗人笔下的洞庭湖不仅广阔，而且充满活力。

　　后两联即景生情，抒发诗人进身无路，闲居无聊的苦衷，表达出诗人急于出仕的决心。颈联是诗人向张丞相表明心事，说明自己欲仕无门：诗人面对浩渺湖水，想到自己还是在野之身，无人引荐，正如渡湖人没有船只一样。在这个"圣明"的太平盛世，诗人闲居无事，碌碌无为，感到非常羞耻，立志要做出一番事业来。之后，诗人在尾联发出呼吁。"垂钓者"暗指当朝执政的人物，其实是指张丞相。尾联的意思是：张大人，我非常钦佩您能出来主持国政，可惜我只是一介平民，不能追随您左右，为您效劳，只能在此徒然地表达对您的钦慕之情。诗人巧妙运用"临渊羡鱼，不如退而结网"的古语，另翻新意，表达倾慕之情。而且，"垂钓"正好同"湖水"照应，不露痕迹。但只要仔细品味，读者很容易就能体会出诗人希望得到引荐的心情。

　　全诗写景气象宏大，波澜壮阔；抒情不露痕迹，实乃妙作。

【诗评】

　　"临洞庭"是览景，"上张丞相"是干谒，二者本无干系，然而作者却能由状写洞庭景色开始，以"欲济无舟楫""徒有羡鱼情"的比喻含蓄表达了请求引荐的心情，温雅蕴藉，不卑不亢，是干谒诗中难得的佳句。

过故人庄

孟浩然

故人具鸡黍①,邀我至田家。
绿树村边合②,青山郭外斜。
开轩面场圃③,把酒话桑麻。
待到重阳日④,还来就菊花⑤。

注释:

①具:准备。鸡黍:农家丰盛的饭菜。黍(shǔ):黄米饭。②合:环绕。③轩:窗户。场圃:打谷场和菜圃。④重阳日:阴历九月初九重阳节,古人有登高饮菊花酒的习俗。⑤就:赴。

赏析:

本诗为田园诗名篇,写诗人应友人之邀来到田家小饮的生活情景,既描绘出了一幅闲适恬静的乡村图画,又表现出诗人情趣的高雅和朋友间友情的淳朴。全诗朴实无华,清新隽永,自然流畅。

首联,诗人平铺直叙,用极其朴素的文字,写了友人的热情相邀。友人以"鸡黍"相邀,既显田家之风味,又见待客之简朴。这种不讲虚礼和排场的招待,往往更容易打开彼此心扉。这个开头,不甚着力,奠定了全诗平静自然的基调。

颔联写乡村的自然风光。诗人先画近景,"合"字足见树木之多;再绘远景,"斜"字足见青山之远。诗人走进村里,顾盼之间全是清新的美景:绿树层层环抱的村庄坐落平畴而又遥接青山,清淡幽静。此处只写绿树青山,却能让人看见更广阔的天地。

颈联写朋友间的开怀畅饮。"场圃""话桑麻"流露出浓浓的乡土气息。正是因为处于"故人庄"这样的环境中，所以宾主打开轩窗，临窗举杯，"把酒话桑麻"。"开轩"似乎是不经意写入诗的，但有了颔联两句对村庄外景的描绘做铺垫，也就毫不突兀。诗人与友人坐在屋里，饮酒交谈，打开轩窗，轩窗前的一片打谷场和菜圃映入眼帘，令人心旷神怡。绿树、青山、村舍、菜圃、桑麻，一幅优美宁静的田园图出现在读者面前。本联只写把酒闲话，却能反映出自然环境与诗人心情的契合，表现出人的惬意。

尾联，诗人因为被这种农家生活深深吸引，直率地表示待到重阳日，还来赏菊痛饮。淡淡两句，故人款待的热情，诗人做客的欢愉，两人相处的融洽，跃然纸上。诗人写重阳再来，自然流露出了对村庄和故人的恋恋不舍，从侧面烘托出乡村生活的美好。

一个普通的农庄，一次并不十分丰盛的招待，在诗人的笔下竟被渲染得如此诗情画意。本诗描写的都是眼前的景物，使用的是近乎直白的语言，叙述的层次也完全是顺其自然，表达的情感也是淡淡的，却达到了形式与内容的高度一致。全诗恬淡亲切而不肤浅枯燥，平淡之中见深情。

【诗评】

此诗句句自然，无刻划之迹。
——《瀛奎律髓》

真景实情人说不到，高兴奇语正不在多。
——《唐诗选胜直解》

宿建德江

孟浩然

**移舟泊烟渚，日暮客愁新。
野旷天低树，江清月近人。**

赏析：

　　这是一首刻画秋江暮色，抒写羁旅之思的小诗，写出了诗人漂泊东南的感受。全诗情景相生，淡中有味，含而不露，风韵天成，为五绝中的写景名篇。诗人以拟人的手法，描绘了旷野天低、江清月近的清新景色，抒写了淡淡的羁旅客愁。建德江，在今浙江上游建德，在新安江、兰溪合流处。

　　首句写羁旅夜泊，回应主题，为下句抒情做好铺垫：诗人将船停靠在江中的一个小洲旁，而这小洲被迷蒙的烟雾重重笼罩。这烟雾就像诗人的满心愁绪一样。次句抒情，别有味道："日暮"承接上文，续写新愁。因为日落黄昏，所以要泊船停宿；也因为日落黄昏，江面上才水烟蒙蒙。本来诗人停船靠岸，想要静静地休息一夜，谁知在这众鸟归林、牛羊下山的黄昏时刻，羁旅之愁蓦然而生。

后二句远眺近观,写诗人日暮所见。日暮时刻,旷野无垠,一片苍茫。诗人放眼望去,天地相接,远处的天空比近处的树木还要低。夜渐临近,高挂在天上的明月,映在澄清的江水中,与船中的诗人是如此接近。在暮色苍茫的秋江上,诗人举目远眺,天空开阔,气氛孤寂。诗人低头俯视脚下静静的江水,天上孤寂的明月似乎也看透了他的心事,抚慰他寂寞的心灵。这种化静为动的写法,赋予本无生命的明月以无限的情感,既生动形象,又亲切近人。这两句虽是写景,也无愁字,但"秋"色逼人,回应"日暮客愁新"。诗人巧妙地将他的新愁与孤寂清冷的秋色融为一体,创造出一种凄清、宁静、优美的意境。正是在这种别具一格的描绘中,诗人将自身的羁旅之愁表现得淋漓尽致。

全诗虽然以景结篇,但意犹未尽。诗人曾带着多年的准备与满腔的希望入京求仕,却被弃置,而今只能怀着一腔忧愤南寻吴越。身处异乡、孑然一身的诗人,面对茫茫四野、悠悠江水、孤舟明月,那羁旅的劳顿,对故乡的思念,仕途的失意……千愁万绪纷至沓来,便有了这首千古绝唱。

【诗评】

天低月近,本不见愁,承"客愁"便觉凄凉。

——《删订唐诗解》

回乡偶书

贺知章

少小离家老大回,乡音无改鬓毛衰①。
儿童相见不相识,笑问客从何处来?

注释:

①衰:稀少。

赏析：

唐天宝三载（744年），贺知章辞掉朝廷官位，返归故乡越州永兴（今浙江萧山）。当时，他已经八十六岁，离开故乡已经有五十余年了。诗人少年离家考取功名时充满远大抱负，雄姿英发，但再次返乡时却已鬓发斑白，人生暮年。看到故乡物是人非，诗人心头不禁涌出万般慨叹，因此写下本诗，表达了年华易逝、尘世沧桑的慨叹。本诗是难得的感怀佳作。《回乡偶书》中的"偶"字，不仅是说作本诗的偶然，还吐露出本诗的诗情源于生活、发于内心。

在前两句的描写中，诗人身处故乡熟悉而又陌生的环境中，一路走来，心情复杂，难以平静：当初离开故乡时，青春年少，风姿勃发；今朝返乡，鬓发已斑白稀疏，不由得感慨万千。第一句，诗人以"少小离家"和"老大回"的对比，总括出自己几十年客居他乡的情况，暗露自己因"老大"而伤感的情绪。第二句，诗人用"鬓毛衰"承接上句，具体描写自己的衰老之态，并用未变的"乡音"衬托已变的"鬓毛"，暗含"我未忘故乡，故乡是否还记得我"的疑问，为下面两句写儿童因不认识而发问埋下了伏笔。

诗的后面两句，诗人由描写充满慨叹的自我画像，转为描写富有戏剧性的儿童含笑发问的场面。"笑问客从何处来"一句，在儿童看来，仅是简单的一问，语尽则意尽。在诗人心中，却是一个沉重的打击，引出了他无尽的慨叹。诗人年老体衰及反主为宾的哀伤，全都蕴含在这看似平常的一句问话中了。整首诗就在这"有问无答"处悄悄结束。而诗句之外的含义却像空谷余音，哀伤婉转，久久萦绕不去。

就整首诗来看，前两句还算平淡，后两句，诗人却急转笔锋，另辟新境，写得十分巧妙：虽然抒写哀伤之情，却借助欢乐的场景来展现；虽然为了写自己，却通过写儿童来体现。而且，诗中所写的儿童发问的场景又非常富有生活趣味。就算读者不被诗人多年客居他乡、如今年老体衰的感伤所感染，也必定会被这一别有情趣的生活场所感动。

【诗评】

情景宛然，纯乎天籁。

——《唐诗解》

春 思

皇甫冉

莺啼燕语报新年,马邑龙堆路几千①?
家住层城临汉苑②,心随明月到胡天。
机中锦字论长恨③,楼上花枝笑独眠。
为问元戎窦车骑④,何时返旆勒燕然⑤?

注释:

①马邑:今山西朔县。龙堆:白龙堆,在今新疆。以上两地都是泛指边塞。②层城:指京城。③机中锦字:前秦安南将军窦滔出镇襄阳,其妻苏蕙很是思念,于是织璇玑图给他,共八百四十字,纵横反复,皆能成诗。④元戎:主将。⑤返旆(pèi):班师回朝。旆:古代旗末端状如燕尾的飘带。勒燕然:东汉窦宪大破匈奴后,曾于燕然山上勒功而还。勒:刻。

赏析:

这是一首闺怨诗,诗人借思妇的角度抒写春怨,抒发了万千思妇期望战事早日结束、征夫能功成名就归来的美好心愿,并暗藏了诗人自身对战争的厌恶和愤恨。全诗情意缠绵,含蓄隽永。

头两句点题。第一句点"春",第二句点"相思"。马邑在今山西朔县,汉朝曾和匈奴争夺此城。新年临近,到处"莺啼燕语"。此刻,征夫正戍守远在千里之外的马邑龙堆。

三、四句交代思妇与征夫的处所相隔遥远,分别在长安和胡地。身在长安的思妇思念远在胡地的征夫,渴望着一颗心随着明月一起飞到边疆的胡地,思夫之情急切。

五、六句,诗人借用典故和拟人的手法写春情离恨。窦滔是前秦皇帝苻坚的秦州刺史,后被贬龙沙。其妻苏蕙能文善思,给丈夫寄去织在锦上的回文旋图诗,诉说了绵绵的相思。那首诗共八百四十个字,纵横反复皆通文意。借用锦文,诗人表达了思妇的相思之恨。下句用了拟人的手法,写连楼上的花枝也取笑思妇在春光中独眠。

最后两句,诗人用汉将窦宪的事迹,故意反问征夫何时功成返乡。东汉时,窦宪是车骑将军,大败匈奴后曾登上燕然山,命班固写铭文刻在石上。

本诗借汉咏唐,讽刺穷兵黩武的现实,表达了反战的思想。

【诗评】

一气蝉联而下,新丽自然。

——《唐诗笺注》

塞下曲(其一)

王昌龄

蝉鸣空桑林①,八月萧关道②。
出塞入塞寒,处处黄芦草。
从来幽并客③,皆共尘沙老。
莫学游侠儿④,矜夸紫骝好⑤。

注释:

①空桑林:叶子已然枯落的桑树林。②萧关:古时关中与塞北的交通要冲,

在今宁夏固原东南。③幽并：幽州和并州，唐时皆属于边防之地。④游侠儿：指恃勇逞强、意气用事、常常惹是生非的人。⑤矜夸：骄傲自夸。紫骝（liú）：泛指骏马。

赏析：

阴历八月的边塞风物，桑叶凋落，秋风鸣蝉；萧关道上征人远戍，大漠荒寒，处处枯草。来自幽州和并州的边关将士都在边塞沙场上度过了自己的一生，诗人劝告青年人，莫学那些整日矜夸紫骝宝马如何名贵的游侠儿，空有自夸却不能为国出力御敌。全诗表现出了一种积极的人生观和价值观。

塞下曲（其二）

王昌龄

饮马渡秋水①，水寒风似刀。
平沙日未没，黯黯见临洮②。
昔日长城战，咸言意气高③。
黄尘足今古，白骨乱蓬蒿④。

注释：

①饮（yìn）马：给马喝水。②临洮（táo）：今甘肃岷县一带，是长城的起点。③咸：都。④蓬蒿：泛指野草。

赏析：

这是一首以长城附近边疆为背景所作的乐府诗。诗人通过追忆开元二年（714年）唐将薛讷大破吐蕃的故事，展现了战争的悲烈残酷，流露出诗人强烈的反战思想。

诗的前四句勾画了一幅晚秋塞外落日沙漠的景致,写尽塞外荒凉:即使江水寒冷、秋风凛冽,在给战马饮完水后,大军便急匆匆地横渡秋水奔赴遥远边疆。广袤的沙地隐隐露出没有完全消失的夕阳,蒙蒙暮色中依稀可见临洮。"水寒风似刀"一句,生动形象地展现出了秋季塞外的凄凉萧瑟。

诗的后四句追溯以往长城发生的战事,展现了战后的惨烈景象:长城在古代是军事要地,这里战争频发,古往今来,有不少爱国将士在这里以身殉国。长城内外的滚滚黄沙上,掩埋在荒草丛中的列列白骨至今依稀可见,景象荒凉而悲壮。末句一个"乱"字,点明了将士们为国征战千里,最终却落得身死荒野,无人照管、掩埋、祭奠的凄惨下场。通过种种景象的展现,战争的残酷,不言自明。

诗人用词精简,以反衬烘托的笔法写景抒情,将战争的凄惨严酷展现得淋漓尽致。全诗弥漫着凄凉的气氛,秋水、寒风、黄尘、白骨、荒草无不尽显萧瑟肃杀之气,很好地烘托出了全诗意旨。本诗抒发了诗人对出塞军兵的同情、赞扬和对牺牲战士的哀悼,表现了诗人强烈的反战思想,极具穿透力,读来苍凉悲壮。

【诗评】

极简、极纵、极古、极新,俱在汉魏之间。

——《唐诗选脉会通评林》

芙蓉楼送辛渐①

王昌龄

寒雨连江夜入吴,平明送客楚山孤②。
洛阳亲友如相问,一片冰心在玉壶。

注释：

①芙蓉楼：旧址在今江苏镇江市。辛渐：王昌龄的朋友。②平明：清晨。

赏析：

本诗大约是在开元二十九年（741年）后，王昌龄在江宁（今南京市）任县丞时所写，是其为朋友辛渐所写的送别诗。芙蓉楼，在唐代润州城上西北，故址在今江苏镇江市。

第一句从昨夜之雨写起，为送别营造了清冷的氛围。蒙蒙的细雨笼罩着江宁，交织成一片没有边际的网。夜晚的雨增添了清寒的秋意，也渲染出离别的感伤气氛。第二句里的"平明"点出送友人的时间；"楚山孤"三个字，不仅写明了友人的去处，而且暗中表达了诗人送友人时的心情。第三、四句，诗人写的是自己，却仍与送别之意相吻合。上句一个"孤"字如同感情的引线，自然而然牵出了诗人后两句的临别叮咛之辞："洛阳亲友如相问，一片冰心在玉壶。"诗人从清透无瑕的玉壶中捧出一颗晶莹纯洁的冰心，就比任何相思的言辞都更能表达他对亲友的深情。此外，诗人在这里也是用玉壶、冰心自喻，以表现自己高洁的品格和坚贞的信念。全诗情景交融，浑然一体，蕴含着无穷的韵味。

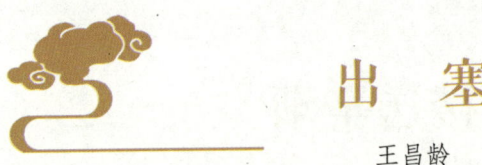

出　塞

王昌龄

秦时明月汉时关，万里长征人未还。
但使龙城飞将在①，不教胡马度阴山。

注释：

①但使：只要。龙城：在今河北省喜峰口一带，为汉代右北平郡所在地。汉

武帝曾用李广为右北平太守。匈奴闻之,数年不敢来犯。龙城飞将:指西汉名将李广,匈奴称之为"飞将军"。

赏析:

这是一首著名的边塞诗,表达了诗人希望统治者起用良将,平定边塞战事,早日使百姓安居乐业的愿望。《出塞》本是乐府《横吹曲辞》的旧题,原诗二首,此为第一首。

诗的首句"秦时明月汉时关"从写景入手,勾勒出一幅冷月照边关的苍茫景色。本句使用了"互文"的修辞手法,不能从字面上理解为"秦时的明月汉时的关"。理解此句时,要把"秦时明月""汉时关"的意思互相补充,简单来说就是"秦汉时的明月,秦汉时的关"。诗人要表达的意思是自秦汉以来,边关一直战乱不断,体现了战争持续时间的久远。第二句"万里长征人未还","万里"指边关和内地的距离,此是虚指,运用了夸张的手法。而"人未还"一语则令人

联想到战争的残酷以及百姓承受的灾难，表达了诗人的无限愤慨之情。皎洁的月光和巍峨的边关，既引人感叹那自古以来就不曾停止的战争，又是古往今来的将士们驰骋疆场、奋勇杀敌的历史见证。

三、四句"但使龙城飞将在，不教胡马度阴山"，可见诗人将拯救苍生的希望寄托在良将身上。"龙城飞将"指汉武帝时功勋卓著的飞将军李广，但在此处却并不仅仅指李广，而是代指汉朝众多的抗匈名将。"不教"，意思是说不允许；"胡马"，代指入侵的外敌；"度阴山"，即越过阴山。阴山是我国北方东西走向的大山脉，汉代时为北方边地的天然屏障。这两句诗的意思是："假设当年威震匈奴的飞将军李广尚在人间，绝不会允许外敌越过阴山"，诗意含蓄，表达巧妙。诗人将汉将抵御匈奴的历史与现实联系起来，就是希望边关有"不教胡马度阴山"的"龙城飞将"，以结束"万里长征人未还"的世世代代的悲剧。其实，这不仅是诗人的愿望，更是受尽战乱之苦的百姓的共同愿望。

本诗整体气势雄浑，描写场面宏大，历史感沉重，字里行间充满了强烈的爱国主义精神和激昂的战斗精神，因此被誉为唐代七绝诗的压卷之作，千古流传。

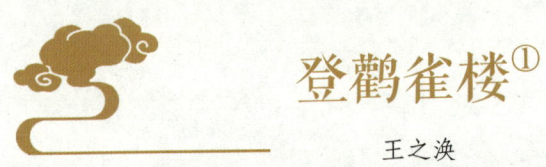

登鹳雀楼①

王之涣

白日依山尽，黄河入海流。
欲穷千里目，更上一层楼。

注释：

①鹳雀楼：在今山西永济。楼有三层，面对中条山，下临黄河。常有鹳雀停留其上，因称鹳雀楼。

赏析：

这首诗写诗人在登高望远中表现出来的不凡的胸襟抱负。诗句朴实简练，言浅意深，反映了盛唐时期人们昂扬向上的进取精神。鹳雀楼，唐代河中府西南城上的一座楼，因楼上常栖鹳雀，故名，在今山西省永济市蒲州镇。

本诗前两句侧重写"所见"。首句写远景，重点写山，写得景色恢宏、气象万千：诗人登楼遥望一轮落日向着楼前一望无际、连绵起伏的群山西沉，在视野的尽头冉冉而没。次句写近景，重点写水，写得景象壮观、气势磅礴：诗人目送流经楼前下方的黄河呼啸奔腾、滚滚南来，就像一条金色的丝带，飞舞在崇山峻岭之间，又在远处折而东向，流向大海。本诗后两句侧重写"所想"。"欲穷千里目"，写诗人一种无止境探求的愿望，还想看得更远，看到目力所能达到的最远处，而唯一的办法就是站得更高些，"更上一层楼"。"千里""一层"，都是虚数，是诗人想象中纵横两方面的空间。"欲穷""更上"中又包含了多少希望，多少憧憬。这两句诗是千古传诵的名句，既别翻新意，出人意表，又与前两句诗承接得十分自然紧密，表现了诗人向上进取的精神、旷达开阔的情怀，也道出了站得高才看得远的哲理。

【诗评】

日没河流，目前之景；穷目之观，更在高处。

——《唐诗解》

空阔中无所不有，故雄浑而不疏寂。

——《唐诗摘钞》

凉州词

王之涣

黄河远上白云间，一片孤城万仞山。
羌笛何须怨杨柳①，春风不度玉门关。

注释：

①杨柳：指乐府横吹曲《折杨柳》。

赏析：

前二句幅员万里，极写塞外山河气势，将群山之苍茫挺拔，黄河之绵长逶迤，由东至西，由低至高，逆笔绘出，其间更加孤城一座，俯视四野，雄浑苍凉之气浮于纸面。后二句借埋怨呜咽羌笛，无须再奏凄怆"杨柳"，陈述千载难解玉关之情，尽喻世世征人悲苦，代代胡汉恩怨，读罢让人悱恻伤怀。

【诗评】

此诗言恩泽不及于边塞，所谓君门远于万里也。

——《升庵诗话》

送李少府贬峡中王少府贬长沙

高适

嗟君此别意何如，驻马衔杯问谪居①。
巫峡啼猿数行泪，衡阳归雁几封书②。
青枫江上秋帆远③，白帝城边古木疏④。
圣代即今多雨露⑤，暂时分手莫踌躇。

注释：

①衔杯：饮酒。谪居：贬往的地方。②衡阳归雁：古人认为大雁南飞至衡阳而止。③青枫江：指浏水，在湖南长沙。④白帝城：在重庆奉节。⑤雨露：喻朝廷的恩泽。

赏析：

这是诗人为送别两位被贬友人而作，描写了两位友人在旅途中即将遇到的艰辛，对两位友人表示了同情、关切，并给予安慰和鼓励。全诗情景交融，情意深厚。少府，唐时县尉的别称。李、王二人事迹不详。峡中，此指夔州巫山。

首联总写诗人对李、王二位友人遭受贬谪的关切和同情之心。诗一开篇就以强烈的感情，给读者以深刻的印象。"嗟君此别意何如"以问句开始，"嗟"意思是说叹息之声，置于句首，贬谪分别时的痛苦，溢于言表。"此别""谪居"四字，又不着痕迹地点出标题中的"送"和"贬"。"驻马衔杯问谪居"写诗人在送别之地下马，为李、王二少府举杯饯别，谈论二人贬谪的地方。

中间两联针对李、王二少府的处境，双双分写。颔联上句"巫峡啼猿数行泪"，写因为李少府被贬峡中，诗人想起古民谣"巴东三峡巫峡长，猿鸣三声泪沾裳"的说法，联想到李少府在峡中的荒凉之地可能听到凄厉的猿啼声，不由得流下了眼泪；"衡阳归雁几封书"写王少府被贬长沙，诗人由长沙想到衡阳的回雁峰，嘱咐王少府到长沙后多写信。

颈联上句"青枫江上秋帆远"是诗人想象长沙青枫江的风光，是再写王少府；下句"白帝城边古木疏"是诗人想象白帝城（在夔州，当三峡之口）的风光，是再写李少府。诗人准确地写出二人所去之地的风光，将内心的愁情别恨寄予景色之中。

尾联两句"圣代即今多雨露，暂时分手莫踌躇"，是诗人对二位友人的劝慰之词。同时，诗人对前景作了乐观的展望：此次遭贬，我们的分别都只是暂时的，你们不要踌躇不前，重归之日不久就会到来。至此，全诗结束，既照应了首联，又给读者留下想象的余地。

【诗评】

中联以二人谪地分说，恰好切潭、峡事，极工确，且就中便含别思；末复收拾以应首句，然首句便已含蓄。

——《碛砂唐诗纂释》

此虽律诗八句，其实一席老练人情世故说话也。

——《唐诗摘抄》

白雪歌送武判官归京

岑参

北风卷地白草折,胡天八月即飞雪。
忽如一夜春风来,千树万树梨花开。
散入珠帘湿罗幕,狐裘不暖锦衾薄①。
将军角弓不得控,都护铁衣冷难着②。
瀚海阑干百丈冰③,愁云惨淡万里凝。
中军置酒饮归客④,胡琴琵琶与羌笛。
纷纷暮雪下辕门,风掣红旗冻不翻⑤。
轮台东门送君去,去时雪满天山路⑥。
山回路转不见君,雪上空留马行处。

注释:

①衾(qīn):被子。②着(zhuó):穿。③瀚海:大沙漠。阑干:纵横貌。④中军:此指中军帐内。⑤风掣(chè)句:意谓红旗已然冰冻,风吹时也不再飘动。⑥天山:在今新疆境内。

赏析:

西北边地,八月飞雪,雪降有如一夜春风忽起,吹得万树枝头梨花绽放。

边地的雪纷纷扬扬,雪花飘入珠帘,浸湿了罗幕,那份冰冻寒冷,让狐裘不暖,锦被嫌薄,将军拉不开擅长的强弓,都护难以穿上护身的铠甲。无垠瀚漠,纵横的是百丈坚冰,天色惨淡,凝结着万里愁云。

就是在这样的一天,作者的朋友武判官将要返京,大家为他在中军帐置酒饯行。在胡琴、琵琶与羌笛的合奏声中，他们依依惜别，难分难舍，直至傍晚雪势又盛。

作者于轮台东门送别武判官，他看到皑皑白雪早把山路覆盖，心中不禁为友人的前程担忧。当友人的身影终于消失在这雪暮的山回路转之中，他空望着雪地上友人远走的行迹，久久不肯离去……

逢入京使

岑 参

故园东望路漫漫，双袖龙钟泪不干①。
马上相逢无纸笔，凭君传语报平安。

注释：

①龙钟：被泪水沾湿的样子。

赏析：

这是一首边塞诗。本诗约写于天宝八载（749年），诗人此时三十四岁，前半生功名不如意，无奈之下，出塞任职。诗人第一次远赴西域，辞别了居住在长安的妻子，踏上了漫漫征途。可以想见，远离京都和家园的诗人，他的心情是无比凄凉的。西出阳关后，也不知走了多少天，诗人又遇上了和自己反向而行、去往长安的人。两个人互叙寒温后，诗人得知对方要返京述职，不免更加感伤。但同时，诗人又想安慰家人，报个平安，于是想请去往长安的人给家里捎个信。本诗就描写了这一情景。这样朴素的场景，被诗人用朴实无华的叙述式语气道出，更觉真切感人。入京使，即入京城长安的官使。

首句写眼前实景。"故园"指的是诗人在长安的家园。"东望"点明家园的位置，也说明诗人在走马西行。诗人辞家远征，回望故园，自觉长路漫漫，平沙莽莽，真不知家在何处。"漫漫"二字，让人有一种茫茫然的感觉。

次句带有夸张的意味,强调诗人对亲人的思念之情。"龙钟"本意是说淋漓沾湿,在这里是说诗人涕泗横流,万分悲伤。"龙钟"与"泪不干"用得非常形象,将诗人对亲人的无限思念表现得淋漓尽致。有道是"男儿有泪不轻弹,只是未到伤心处",诗人此时止不住流泪,都是因为他太伤心了。这些描写虽然有些夸张,但显然是诗人真情实感的流露。

三、四句写诗人以匆匆的口气,让京使捎口信:走马相逢,没有纸笔,我也顾不上写信了,就请你给我捎个平安的口信到家里吧!诗人此行抱着"功名只向马上取"的雄心,因而此刻,他的复杂心情可想而知:他一方面对家乡亲人无限眷念,另一方面又渴望建功立业、鹏程万里。

这首诗的好处就在于不假雕琢,信口而成,真挚自然。诗人善于把许多人心头所想、口里要说的话,用艺术手法加以提炼和概括,使之具有典型的意义。诗歌在平易之中显出丰富的韵味,自能深入人心,历久不忘。

征人怨

柳中庸

岁岁金河复玉关①,朝朝马策与刀环。
三春白雪归青冢,万里黄河绕黑山②。

注释:

①金河:即黑河,在今内蒙古自治区呼和浩特市。玉关:玉门关。②黑山:在今内蒙古自治区呼和浩特市东南。

赏析:

边塞诗是唐诗的重要组成部分,具有思想深刻、想象力丰富、艺术感染力强等特点。边塞诗题材开阔,内容丰富,主要包括以下几种题材:描述边疆风光;记述边疆兵士的艰苦生活;展现边疆兵士杀敌报国、戍守边疆的宏大抱负;抒写边疆战士的思乡之情等。本诗是流传广泛的边塞诗,主要写单于都护府的征人久戍不归、思乡情切所生的怨情。

前两句中使用了两个叠词,"岁岁""朝朝"写出了戍边时间之长、征战的频繁。首句"金河复玉关"写出了辗转征战的地域之多,"马策与刀环"说明几乎每日都有征战,以致达到马不卸鞍、人不解甲的境地,把征战生活的单调与无奈表现得淋漓尽致。战士在边疆日复一日、年复一年地征战,转战于不同的战场,奔波劳顿。

第三句写得颇为凄凉,"三春白雪"原本应该是很美好的事物,然而终归青冢。"青冢"是西汉时与匈奴和亲的王昭君的坟墓,在今呼和浩特市境内,远离中原,僻远荒凉。传说塞外草白,唯独昭君墓上草色发青,故称青冢。诗人用"归"字,写出了归宿感:征人也许再也不能回到故乡,只会终归坟墓,如王昭君一样长留塞外。

第四句的笔力足有千钧。黄河之水绵长,不停奔涌;暮春时节,征人们想到中原,而眼前的却是黑山。诗人就以"绕"字消除距离,描述了征人们想象黄河之水绕过黑山又继续向前流淌的内心画面。最后一句虽是虚写,但其中的黑山与上句的白雪形成鲜明对照。在古诗中,有些作为地名的颜色名词虽不指颜色,却与诗中其他词语辉映,造成一种色彩丰富、对比强烈的感觉。本诗中最后两句就是典型。其中的"白雪""青冢""黄河""黑山"像浓重的色块,颜色明晰而深重,所占空间广大,造成一种感觉冲击,很有艺术感染力。

本诗写了一种悲壮的怨情,笔法巧妙,境界阔大。

江南曲

李 益

嫁得瞿塘贾,朝朝误妾期。
早知潮有信,嫁与弄潮儿。

赏析:

　　江南曲,乐府民歌旧题,《相和歌辞·相和曲》名,《江南弄》七曲之一。这是一首闺怨诗。在唐代,有两类以闺怨为题材的诗:思念远征的丈夫;嗔怨作为商人的丈夫。这种文学现象是有特定历史原因及社会背景的。唐代疆土辽阔,边境不宁,大量将士被派去戍守边疆;另外,唐代商业发达,长期在外经商的人日益增多。这两类人的妻子难免要独守空闺,寂寞度日。因为这种社会现象的出现,所以产生了很多反映这类问题的文学作品。

　　经商的丈夫长年在外,行踪无定,独守空房的妻子寂寞孤独。极度苦闷中,她竟突发奇想:潮水总是准时起落,不会延误时间,当初还不如嫁给弄潮人。这既是无奈之语,也是情至之言,虽是"荒唐之想",却又至情至理,正是妻子由盼生怨、由怨生悔的生动心理过程。诗人有意模仿民歌,以商妇的口吻,内心独白的方式表现了她候夫"未有期"的不幸命运和独守空闺的凄苦生活。

　　诗的前两句是白描,以商妇平淡朴实的口吻讲出了可悲可叹的事实,道破丈夫外出经商,自己独守空闺的孤寂。读者在这平实之中却得到了一种心灵的震撼。这是因为,事情本身就具有动人的感染力,表现手段越平实,读者越能清楚地看到事情真相。

　　后两句,诗人笔锋急转,语出惊人,以过人的想象力曲折而传神地表达了商妇的怨情。夫婿无信,而潮水有信,早知如此,应当嫁给如潮守信的弄潮之人。这两句诗,看似轻薄荒唐,实则情真意切。其实,潮有信,弄潮之人未必有信,商妇宁愿"嫁与弄潮儿",既是望夫不止的痴情语、天真语,也是苦语、无奈语。语言平实,不事雕饰,空闺苦,怨夫情,跃然纸上。从"早知"二字,可见商妇并非妄想他就,而是望夫不至之痴情痴语。

全诗运笔自然,逻辑严密。商妇由夫婿"朝朝"失信,而想到潮水"朝朝"有信,进而生发出所嫁非人的悔恨,细腻地展现了商妇内心的矛盾。

【诗评】

> 潮来有信而郎去不归,喻巧而怨深。古乐府之借物见意者甚多,皆喻曲而有致,此诗其嗣响也。
>
> ——《诗境浅说续编》

凉州词

王 翰

**葡萄美酒夜光杯,欲饮琵琶马上催。
醉卧沙场君莫笑,古来征战几人回?**

赏析:

本诗是描绘边塞生活的名曲之一。全诗描写了广袤边塞来之不易的一次盛宴,勾画出戍边将士尽情畅饮、欢快愉悦的场面,表现了将士们视死如归的英雄气概,也抒发了诗人痛恨战争的愤慨之情。诗人自身的旷达豪迈在本诗中表现得淋漓尽致。凉州曲:唐乐府名,属《近代曲》。凉州即今甘肃武威。

首句,诗人用饱蘸激情的笔触、铿锵激越的音调、绚丽优美的词语,将一个五光十色、酒香四溢的盛大酒宴场景活灵活现地描写出来。耀眼炫目的酒杯,飘香四溢的酒气,此等景象多么使人惊喜,令人兴奋。这一句为全诗的抒情渲染了气氛,定下了基调。第二句用"欲饮"两字,将热闹的豪饮场景进一步展现出来。"马上"二字,往往使人联想到"出发",事实上,来自西域的乐器琵琶本来就是胡人骑在马上弹奏的。"琵琶马上催"一句,意欲勾勒出盛宴中欢快轻松的画面：正在大家"欲饮"未得之时，乐队奏起了琵琶，昭示宴会的开始。那短促有力的音律仿若劝酒令，敦促将士们开怀畅饮，使已经热烈的气氛瞬间达到了高潮。

三、四句描写了盛宴上将士们互相斟酌劝饮、尽情尽致、乐而忘忧的场面。耳听着阵阵欢快、激越的琵琶声，将士们兴致高昂，开怀畅饮，不一会便有阵阵醉意袭来。不胜酒力的人想要撂杯，却听到他人高呼："我们早已将死生之念抛于脑后，即便是醉卧沙场，也请在座各位莫要笑话，醉不醉就随它去吧！"这三、四两句正是席间的劝酒之词，借由"醉卧沙场"表现出来的不仅是豪爽旷达的感情，还有着视死如归的勇气。

诗中征人们所饮的酒，为西域特产的葡萄美酒；所用的杯，是西胡人用白玉精制而成，如"光明夜照"般璀璨夺目，因此叫做"夜光杯"；所奏的乐器，是胡人的琵琶；此外"沙场""征战"等词语，都体现出浓厚的地方特色和军营生活的韵味。

【诗评】

作悲伤语读便浅，作谐谑语读便妙，在学人领悟。
——《岘佣说诗》

新嫁娘

王　建

三日入厨下①，洗手作羹汤。
未谙姑食性②，先遣小姑尝③。

注释：

①三日：按照古代的习俗，新娘嫁到夫家的第三天要下厨做菜，俗称"过三朝"。②谙(ān)：熟悉。姑：婆婆。③小姑：丈夫的妹妹。

赏析：

本诗描写了新妇出嫁第三天，进厨房煮饭烧菜的情景。诗人通过对"下厨"这一生活细节的描写，将新妇小心谨慎、勤劳聪敏的形象刻画得入木三分，既反映了封建家庭中媳妇地位的低下，也暗绘出封建文人初登仕途时谨慎小心、希求恩宠的心态。

诗的前两句是平白叙述。女子出嫁后第三天开始下厨做饭，是中国古代的习俗，俗称"过三朝"。羹汤，这里泛指饭菜。第三句"未谙姑食性"是个转折，使诗情出现波澜。在封建制度下的家庭中，"姑"，也就是婆婆，是当家之人，对新妇来说是非常重要的长辈。尾句"先遣小姑尝"，是整首诗的华彩之处，言虽少而意味浓厚。在此之前，新媳妇其实有一个推理过程：小姑子与婆婆长期生活在一起，必然会有相近的饮食习惯；小姑子是婆婆抚养长大的，必然和婆婆的饮食习惯相似。只要知道了小姑子的习惯，便可知道婆婆的习惯了。如果按照这样的推理写下来，本诗难免落入俗套，没有新意，所以诗人别出心裁，选取新妇小心翼翼准备食物的典型场景作细致描写，显得韵味十足。整首诗仅有二十个字，毫无铺陈雕饰，但若反复玩味，就能体会到其中的妙处。

送僧归日本

钱 起

上国随缘住①，来途若梦行。
浮天沧海远②，去世法舟轻③。
水月通禅寂，鱼龙听梵声。
惟怜一灯影，万里眼中明。

注释：

①上国：此指大唐。②浮天：形容船只远去海上，如浮于天际。③去世：脱离尘世。法舟：指日本僧人所乘之舟。

赏析：

　　这是一首写给来大唐旅行、学习的日本僧人的送别诗。诗虽然是写送别，却都是以佛语说出，融浸着丝丝禅意。比如说僧人前来大唐是因"缘"而来，归去时则是乘"法舟"而去。其中的"轻"字，还隐隐蕴含着已然得道的意味，因为"身轻"与"心轻"，是佛家修炼的一大境界。诗中更是对僧人乘舟海上的情景作了大胆的想象，说他于水月之间参禅，又为海中鱼龙传道，可谓饱含颂扬之情。末联中的"一灯影"，既指舟灯，又指禅灯，既表达作者对友人的关切，又由禅语点化而来，一语双关，深见作者苦心。

【诗评】

天宝以还，钱起、刘长卿并鸣于时，与前诸家实相羽翼，品格亦近似。至其赋咏之多，自得之妙，或有过焉。

——《唐诗品汇》

送李中丞归汉阳别业①

刘长卿

流落征南将，曾驱十万师。
罢归无旧业②，老去恋明时③。
独立三边静④，轻生一剑知⑤。
茫茫江汉上，日暮欲何之⑥？

注释：

①中丞：御史中丞。别业：别墅。②罢归：罢官而归。无旧业：意谓家乡没有产业。③明时：当初辉煌的时代。④三边：幽、并、凉三州，此处泛指边疆地带。⑤轻生：不畏死亡。⑥何之：去向何处。

赏析：

这是一首送别诗。从诗意上看，李中丞是一位曾经为国家立下赫赫战功的将军，他曾经率领十万之众南征，为报效国家不惜殒身损命，也曾独镇北土，使得三边安定无事。然而就是这样一位功勋卓著的老将军，一朝得罪权奸，便遭到罢免，从此孤身飘零于江湖，并无家产旧业以为养老之资，茫茫然不知该往何处。本诗回顾了李将军当年的雄风，热情地讴歌了他英勇无畏、舍身为国的英雄气概，对将军晚年罢官漂泊的遭遇寄予了无限同情和关切，蕴含着对朝廷小人当道、功臣无所归依的深深愤慨和不平。

【诗评】

　　　　章法明练，句律雄浑，中唐佳品。
　　　　　　　　　　　　——《唐诗选脉会通评林》

滁州西涧①

韦应物

独怜幽草涧边生，上有黄鹂深树鸣。
春潮带雨晚来急，野渡无人舟自横。

注释：

①滁州：今安徽滁州。西涧：西面的山间溪流。

赏析：

这是一首山水名篇，也是韦应物的代表作之一。德宗建中年间，韦应物出任滁州刺史，不久又罢官改任。本诗大约写于此时。滁州，其治所在今天的安徽滁州，位于淮河之南，长江之北，是一座山城。西涧，在滁州西门外，俗名上马河，在北宋欧阳修于仁宗庆历年间守滁州时已"无所谓西涧者"，即淤塞无水了。

综观全诗，诗人通过描写涧边幽草、深树莺啼、带雨春潮、野渡横舟等有声有色的自然景色，表现了滁州西涧优美淡远的风光。全诗紧扣诗题，写西涧的优美、幽静。首句写涧边，二句写涧上，三句写涧潮，四句写涧渡。虽然全篇只有一个"涧"字，但句句不离涧水，将"西涧"之景描绘得真切动人。

晚次鄂州①

卢 纶

云开远见汉阳城，犹是孤帆一日程。
估客昼眠知浪静②，舟人夜语觉潮生③。
三湘衰鬓逢秋色④，万里归心对月明。
旧业已随征战尽⑤，更堪江上鼓鼙声⑥！

注释：

①次：停泊。②估客：商人。③舟人：船家。④三湘：漓湘、潇湘、蒸湘的总称。⑤旧业：指家中产业。⑥鼓鼙（pí）：指军鼓。

赏析：

本诗是诗人在安史之乱平复后于行船途中所写的抒怀诗，通过对秋江凄清夜色的描绘，抒写了诗人长期漂泊、急切思归的苦闷情怀，表达了诗人渴望安定统一、和平安居的美好愿望。一首好诗，贵在有真情实感。卢纶的这首诗写自身在乱世中的背井离乡、颠沛奔波之苦，情真意切，不事雕琢，佳句自出。

首联扣题，写诗人"晚次鄂州"，但不露痕迹。浓云散开，诗人举目远眺，汉阳城依稀可见，一种喜悦的情绪流露而出。诗人在战乱中漂泊，早已厌倦了行旅生涯，巴不得早点有个安憩之所。云开见汉阳城，怎能不喜？次句诗人笔锋突转，说因为天晚，不得不在鄂州停泊。一个"犹"字，道出了诗人的急迫心情，一个"孤"字，流露出了诗人旅途中的寂寞情绪。

颔联描绘舟中情景，诗人以简笔勾勒出身在船舱中百无聊赖的生活。白天风平浪静，单调的行旅生活使人昏昏欲睡，同船的商贾不觉入梦；夜间江潮看涨，船家絮语，让诗人更觉长夜漫漫。估客昼眠，独寻美梦；舟人夜语，自得其乐。这一昼一夜的描写更加衬托出诗人昼夜难眠的焦躁心情。

颈联借景抒怀，抒发诗人的身世飘零之感和彻骨的思乡之情。诗人飘零于江湘之间，国难家愁，已使他双鬓星霜，恰巧又逢寒秋，他满怀愁绪无处排解！离家万里，欲归不能，这一片乡情，他只能托与天上明月。一个"逢"字，将白发与秋色融入一炉，愁绪倍增；一个"对"字，把有心与无情结为一体，意蕴深远。而上句的"秋"与下句的"心"，正好合成一个"愁"字，可见诗人构思巧妙。

尾联诗人直陈心中感慨。"旧业"指家中原有用来维持生计的家业。"鼓鼙"借指战乱。原有家业已随战乱化为乌有。诗人飘零江湖，忽然听到江上传来战鼓的声音，情何以堪！这两句，诗人将思乡之情与忧国愁绪结合起来，深化了主题。

【诗评】

一归心急，二有咫尺千里意。中四"衰（愁）鬓""归心"，人眼中耳中无限凄凉，故客眠人语，秋色月明，种种堪愁。用意深妙，全以神行，若与题无涉者。结言归亦无益，将来不知作何景象，愁无已时也。

——《唐诗成法》

塞下曲（其一）

卢 纶

鹫翎金仆姑①，燕尾绣蝥弧②。
独立扬新令③，千营共一呼。

注释：

①鹫（jiù）翎：指用雕的羽毛做的箭羽。②蝥（máo）弧：旗名。③扬新令：挥旗下达新的命令。

塞下曲（其二）

卢 纶

林暗草惊风，
将军夜引弓。
平明寻白羽，
没在石棱中。

塞下曲（其三）

卢 纶

月黑雁飞高，单于夜遁逃①。
欲将轻骑逐，大雪满弓刀。

注释：

①单（chán）于：本指匈奴的首领，此指入侵者。

塞下曲（其四）

卢 纶

野幕敞琼筵①，羌戎贺劳旋②。
醉和金甲舞，雷鼓动山川③。

注释：

①野幕：设在野外的营帐。琼筵：丰盛精美的宴席。②羌戎：古时对西北少数民族的通称。③雷：通"擂"。

赏析：

塞下曲，乐府旧题，多写边地军事生活。这里收录了卢纶《塞下曲》组诗六首的前四首。诗人通过描写下令出征、将军骑射、月夜追击和庆祝凯旋等几个片段，连缀出边塞征战生活的全景，表现了守边军士的英勇威武。整组诗歌气势磅礴，摄人心魄，人物、情节、场面俱全，形象生动传神，风格雄浑豪迈。

第一首写营前将军发号施令的阵势。前两句通过详细描写士兵的箭羽、旗帜，来展现戍边将士军容威武，并为将军的出场做好铺垫；后两句写将军发布新令，士兵们一呼百应、呼声震天，来突出戍边将士军纪严明。诗人抓住壮烈的出征场面，字里行间充满豪迈的英雄气概，淋漓尽致地反映出众将士必胜的信念和乐观的精神。全诗读来令人热血沸腾。

相比第一首来说，第二首更为出名。本诗取材于汉代名将李广将军的事迹。据《史记·李将军列传》载，李广任右北平太守时，"广出猎，见草中石，以为虎而射之。中石没镞，视之石也。因复更射之，终不能复入石矣"。这首诗就再现了当时的场景。诗人抓住"射石"这一绝妙典故，写出了李广将军的非凡武功。首句"林暗草惊风"，写将军在林中射猎。当时，天色已晚，阴风习习，密林野草簌簌而动。这一句不仅交代了射猎的时间地点，而且渲染出一种异常紧张的气氛。右北平地区常有猛虎出没，深山老林正是猛虎的藏身之地，黄昏又恰是猛虎活动之时。诗人用一个"惊"字，让人自然联想到山中有虎，同时又暗示了将军敏锐的警惕性，为下文"引弓"做好铺垫。次句紧承上句，但是诗人并未写将军"射"，而只写将军"引弓"，言有尽而意无穷，给读者留下无限的想象空间。同时，这一句又写出了将军临险的从容与镇定，在"惊"之后，旋即搭箭开弓，动作敏捷有力、不慌不忙。这一句使将军的形象愈加鲜明，气势不凡。后二句笔锋急转，写将军"中石没镞"的奇迹。诗人将描述时间拉到翌日清晨，搜寻猎物，发现中箭者并非猛虎，而是蹲石。将军的箭竟然入石三分，"没在石棱中"！射虎急转直下成为射石，将军之功力可见一斑，全诗的戏剧性也昭然若揭。

第三首写将军雪夜准备率兵追敌的壮举。前两句"月黑雁飞高，单于夜遁逃"，写的是敌军仓皇溃逃的情景。诗由写景开始，"月黑"，则茫无所见，点出这是一个漆黑的夜晚；"雁飞高"，则无迹可循，表明四处寂静无声。这样的景，显然并非诗人眼中之景；而是意中之景。正是趁着这样一个天昏地黑、万籁俱寂的夜晚，敌军偷偷溜走了。寥寥五字，既交代了时间，又烘托了战前的紧张气氛。"夜遁逃"三字，暗示敌军已全线溃散。但他们趁夜逃跑的举动，还是被戍边将士发现了。"欲将轻骑逐,大雪满弓刀",写我军准备出击追敌的场面。诗人以寥寥数字,描绘出一幅骑兵列队欲出,而大雪刹那间覆盖了弓刀的画面,有力地烘托出当时扣人心弦的紧张气氛,表现了众将士不畏艰苦、奋不顾身、连夜追击逃敌的英雄气概。但敌军是否被追回,诗中并未点明,而是给读者留下想象的余地,神龙见首不见尾,让人觉得意犹未尽。

第四首写将士们得胜庆功的场面。"野幕敞琼筵,羌戎贺劳旋"二句,苍凉而雄壮。将士们在野地营帐中,陈设筵席,连"羌戎"都光临庆功宴,恭贺将士凯旋。这二句不仅描绘出将士们获胜后热烈而又欢快的庆贺场面,又侧面反映了盛唐时期各民族和睦相处的景象。后二句续写宴席之欢腾,将军醉酒,穿着金甲狂舞,而四周鼓声雷动,热烈欢腾的场面可想而知。全诗语言凝练,气氛活跃,耐人寻味。诗人大胆剪裁,巧妙构思,抓住典型环境与典型场景,才会写出如此精彩的佳作。

【诗评】

四首前后布置,层次井然,可作一首读。

——《唐诗三百首注疏》

枫桥夜泊

张 继

月落乌啼霜满天,江枫渔火对愁眠。
姑苏城外寒山寺①,夜半钟声到客船。

注释:

①姑苏:今江苏苏州。寒山寺:传高僧寒山居此而得名。

赏析：

这是一首记叙诗人夜泊枫桥时所看到的景象和自身感受的诗。一个秋天的夜晚，诗人泊舟苏州城外的枫桥。江南水乡秋夜幽美的景色，吸引着这位怀着旅愁的客子。平凡的桥，平凡的树，平凡的水，平凡的寺，平凡的钟，使他领略到了一种难言的诗意美。经过诗人的再创造，一幅情味隽永的江南水乡夜景图呈现出来，成为流芳千古的名作。霜天凄清，残月朦胧，乌啼悲凉，疏钟远送，游子愁对渔舟，独伴渔火，这些诗中景象渲染了清冷孤寂的气氛，刻画了幽深的意境。诗人运思细密，短短四句诗中包蕴了六景一事。一动一静，一明一暗，江边岸上，景物的搭配与人物的心情达到了高度默契，千百年来脍炙人口。

首句，诗人写了午夜时分三个密切关联的景象：月落（所见）、乌啼（所闻）、霜满天（所感）。残月西沉，令人压抑；乌啼凄哀，催人泪下；霜华满天，寒气逼人。诗人开篇连用比兴，三管齐下，创造出一番清冷凄凉的意境，为后面抒发愁绪做好铺陈。"霜满天"，并不符合实际的自然景观，却完全切合诗人的感受：深夜侵肌砭骨的寒意，从四面八方围向诗人夜泊的小舟，使他感到身外的茫茫夜气中正弥漫着满天霜华。

次句，诗人接着描绘"枫桥"附近的景象和自身的感受。朦胧夜色中，江边的树只能看到一个模糊的轮廓，之所以称"江枫"，也许只是因枫桥这个地名而引起的推想。透过雾气茫茫的江面，可以看到点点"渔火"，特别引人注目。"江枫"与"渔火"，一静一动，一暗一明，一江边，一江上，景物配搭颇具用心。"愁眠"，当指满怀旅愁的诗人。一个"对"字，包含了"伴"的意蕴。孤孑的诗人面对霜夜江枫渔火，缕缕轻愁，挥之不去。

前两句共十四字，写了六种景象，后两句却只写了一件事：卧闻山寺夜钟。在如此凄凉、静谧的暗夜中，突然传来一阵钟声，听觉冲击力特别强烈。这"夜半钟声"不但衬托出了夜的静谧，而且揭示了夜的深永和清寥。诗人卧听钟声时的种种难以言传的感受也就尽在不言中了。枫桥的诗意美，有了这古刹钟声，显得更加丰富，动人遐想。

马嵬坡

郑畋

玄宗回马杨妃死^①,云雨难忘日月新^②。
终是圣明天子事,景阳宫井又何人^③。

注释:

①回马:指唐玄宗由蜀中回长安。②云雨句:意谓玄宗、贵妃之间的恩爱虽难忘却,但战乱已平,国家有中兴之望。③景阳宫井:亡国之君陈后主闻隋兵至,携宠妃张丽华投景阳宫井中躲藏。

赏析:

这是一篇咏史佳作。唐玄宗天宝十五载(756年)六月,安史叛军攻占潼关,长安危在旦夕,玄宗仓皇西逃入蜀,途经马嵬坡(位于今陕西省兴平西)时,六军哗变,杀奸相杨国忠,迫使玄宗赐贵妃杨玉环自缢,史称马嵬坡事变,这是本诗的历史背景。诗的首句中,"玄宗回马"指安史之乱平定,东京洛阳和西京长安收复后,已成为太上皇的唐玄宗从蜀地返回长安。当时距"杨妃死"已有多年,诗人两下并提,意在暗示玄宗直以返回长安,是以牺牲杨贵妃为代价的,可谓含义深远。唐玄宗的确是靠着牺牲杨贵妃暂时扭转局势,但一直到死,都没能从此事造成的痛苦中解脱出来。尽管等到了"日月新",他依然对杨贵妃念念不忘。"云雨难忘"与"日月新"合为一句,体现了玄宗矛盾复杂的心情。

诗的后两句可说是耐人寻味。"终是圣明天子事",有人说这是在称赞玄宗临危之际,以大局为重,果断赐死杨贵妃,缓和了局面,所以堪称"圣明",但按照第四句"景阳宫井又何人"推测,好像又并非如此。第四句引用了陈后主的旧事。当年,隋兵攻进陈都金陵,陈后主和其宠妃张丽华躲在景阳宫井内,最终未能幸免,沦为了阶下囚。唐玄宗与杨贵妃、陈后主与张丽华,同是帝妃情事,又都曾共同面临兵戈之祸,很有可比性。玄宗没有如陈后主一般落魄,的确是件幸事,但说到"圣明",也仅仅是比陈后主略微强些。第三句以"圣明"一词将唐玄宗大大称赞一番,第四句却用著名的亡国之君陈后主来作比,其中的嘲讽之意,令人玩味。

那么,可以说诗人对玄宗只有讽刺、毫无同情吗?也不尽然。唐人曾将杨贵妃的死归咎于玄宗的无情无义,而本诗"云雨难忘"等语又表达了玄宗并未忘情之意,所以也可以说,"终是圣明天子事"一句隐含着希望人们体谅玄宗的意味。

清代学者吴乔在《围炉诗话》中说:"古人咏史但叙事而不出己意,则史也,非诗也;出己意、发议论而斧凿铮铮,又落宋人之病;用意隐然,最为得体。"本诗对玄宗有婉讽,又隐含体谅之意,可谓既"出己意"又"用意隐然",不愧为一首杰出的咏史诗。

西塞山怀古[①]

刘禹锡

王濬楼船下益州[②],金陵王气黯然收[③]。
千寻铁锁沉江底,一片降幡出石头[④]。
人世几回伤往事,山形依旧枕寒流。
今逢四海为家日,故垒萧萧芦荻秋[⑤]。

注释:

①西塞山:今湖北大冶东长江边,为长江中游要塞,三国时吴国以此为江防前线。②王濬(jùn):晋益州刺史。③金陵:今江苏南京,三国时吴国建都于此。④石头:石头城,故址在今江苏南京清凉山,吴孙权重筑改名。⑤故垒:旧时的城垒。

赏析：

长庆四年（824年），诗人由夔州刺史调任和州刺史，沿江东下，途经西塞山，即景抒怀，写下本诗。

首联以历史人物领起，咏怀古事。王濬，字士治，弘农湖县（今河南灵宝西南）人，家世二千石。太康元年（280年）晋武帝命王濬率领以高大的战船组成的水军，顺江而下，讨伐东吴。诗人便以"楼船下益州"写出这件事。益州与金陵，相距甚远，诗人却说楼船一下，"金陵王气"便黯然"收"。双方之强弱对比顿显。颔联顺势而下，直写战事及其结果。东吴的亡国之君孙皓，欲凭借长江天险，在江中暗置铁锥，用千寻铁链横锁江面，自以为万无一失，谁知王濬用大筏数十，冲走铁锥，以火炬烧毁铁链，直取金陵。颈联点出西塞山之所以闻名，是因为其曾是军事要塞。而今山形依旧，可是人事全非。这一联拓开了诗的主题。"寒"字和结句的"秋"字相照应。尾联，诗人宕开一笔，直写"从今"之世：往日的军事堡垒，如今已荒废在一片秋风芦荻之中。而这残破荒凉的遗迹，便是六朝覆灭的见证，便是分裂失败的象征，也是"从今四海为家"、江山一统的结果。全诗借古喻今，沉郁感伤，但繁简得当，直点现实。

乌衣巷

刘禹锡

朱雀桥边野草花，乌衣巷口夕阳斜。
旧时王谢堂前燕，飞入寻常百姓家。

赏析：

这是一首怀古诗，为《金陵五题》中的第二首，是刘禹锡最得意的怀古名篇之一。诗人抓住燕子自王、谢堂前飞入寻常人家的细节，描写了乌衣巷的巨大变化，并感事伤怀，抒发了深沉的今昔沧桑之感。

前两句以桥名、巷名为对，妙语天成。朱雀桥横跨在金陵秦淮河上，是由市中心通往乌衣巷的必经之路。朱雀桥同河南岸的乌衣巷，不仅地点相邻，而且都是历史上的名地。从字面上看，朱雀桥又和乌衣巷是天成的工整对仗。第一句中引人注意的是桥边杂生的"野草花"。"草花"之前加上一个"野"字，这就使景色增加了荒凉、偏僻之感。第二句中，诗人描绘"夕阳"又加上了一个"斜"字，突出了日落西山的暗淡情景。繁荣时代的乌衣巷口，应当是车马喧腾、人声鼎沸的；而今，诗人却用一点落日余晖，令乌衣巷全部笼罩在空寂、暗淡、悲凉的气氛之中。诗的后面两句，诗人忽然把笔墨转向乌衣巷上空正要回巢的飞燕，让人们顺着燕子飞翔的方向去了解，现在乌衣巷里住的已经是寻常的老百姓了。诗人还特别提到，这些飞进普通老百姓家中的燕子，就是曾在豪门世族高堂上栖居过的那些燕子。"旧时"两字，赋予燕子以历史见证人的身份。"寻常"二字，又特别强调了今日的居民是多么不同于往昔。从这两句中，我们可以清晰地听到诗人对这一沧海桑田的变化发出的无限感慨。整首诗含蓄蕴藉，意味深长。诗中意象别具匠心，感慨与议论藏而不言。

问刘十九

白居易

绿蚁新醅酒①，红泥小火炉。
晚来天欲雪，能饮一杯无？

注释：

①绿蚁：指浮在新酿的没有过滤的米酒上的绿色的酒渣。醅（pēi）：没有过滤的酒。

赏析：

这是一首劝酒诗，诗人以此邀友人刘十九（其人不详，白居易的朋友）来饮酒叙谈。酒能醉人，本诗却比酒还醇浓。"绿蚁新醅酒，红泥小火炉"这二句选取了富有代表性的新酒和火炉，将一幅整席待客、温馨恬静的画面呈现出来：新酿的美酒犹未滤清，尚且浮着微绿色的酒渣；小巧又朴素的泥炉里，嫣红的炉火烧得正旺。面对这些描述，读诗之人怎能不酒虫大动，忍不住想要同挚友欢饮一番呢？而此时此刻又恰好"晚来天欲雪"。想到夜雪若是洒下，寒气弥漫开来的情形，就更勾起了读诗之人喝上几杯的愿望。加上暮色低沉，大家已经闲了下来，守在火炉边小酌一番，不是正适合这雪前的黄昏吗？于是就在这时，诗人不失时机地发出了"能饮一杯无"的询问，又或者说是邀请，将希望与友人共饮的愿望表达得令人心醉。有如此诱人的美酒、炉火，更有友人如此深厚的情谊，包括刘十九在内的所有读者，都会为之心驰神往吧！

诗人并未在开门见山地写到酒之后马上切入主题，而是十分含蓄地、一层层地渲染着，直到最后才以"能饮一杯无"这样一个问句发出了邀请。我们不妨想象一下，刘十九接到这首小诗之后，一定会立刻赶到诗人家中，同诗人围炉饮酒，"忘形到尔汝"。这时天空真的下起雪来，两个人就着炉火的温暖，赏雪、欢饮、畅谈……这些温馨的场面并未在诗中出现，但联想起来却十分自然。这便是诗人层层渲染而又凝练含蓄的写作手法所达到的艺术魅力。诗人通过近乎口语般质朴不加修饰的语言，将雪夜邀请友人饮酒这一场景所蕴含的浓厚生活气息展现无遗，并且赋予了作品极强的艺术感染力，使之耐人寻味，堪称佳作。

长恨歌

白居易

汉皇重色思倾国[1]，御宇多年求不得[2]。
杨家有女初长成，养在深闺人未识。
天生丽质难自弃，一朝选在君王侧。
回眸一笑百媚生，六宫粉黛无颜色。
春寒赐浴华清池，温泉水滑洗凝脂。
侍儿扶起娇无力，始是新承恩泽时。
云鬓花颜金步摇，芙蓉帐暖度春宵。
春宵苦短日高起，从此君王不早朝。
承欢侍宴无闲暇，春从春游夜专夜。
后宫佳丽三千人，三千宠爱在一身。
金屋妆成娇侍夜，玉楼宴罢醉和春[3]。
姊妹弟兄皆列土[4]，可怜光彩生门户。
遂令天下父母心，不重生男重生女。
骊宫高处入青云，仙乐风飘处处闻。
缓歌慢舞凝丝竹[5]，尽日君王看不足。
渔阳鼙鼓动地来[6]，惊破《霓裳羽衣曲》。
九重城阙烟尘生，千乘万骑西南行。
翠华摇摇行复止[7]，西出都门百余里。
六军不发无奈何，宛转蛾眉马前死。
花钿委地无人收[8]，翠翘金雀玉搔头[9]。

君王掩面救不得，回看血泪相和流。
黄埃散漫风萧索，云栈萦纡登剑阁⑩。
峨嵋山下少人行，旌旗无光日色薄。
蜀江水碧蜀山青，圣主朝朝暮暮情。
行宫见月伤心色，夜雨闻铃肠断声。
天旋地转回龙驭⑪，到此踌躇不能去。
马嵬坡下泥土中，不见玉颜空死处。
君臣相顾尽沾衣，东望都门信马归⑫。
归来池苑皆依旧，太液芙蓉未央柳⑬。
芙蓉如面柳如眉，对此如何不泪垂？
春风桃李花开日，秋雨梧桐叶落时。
西宫南内多秋草，落叶满阶红不扫。
梨园弟子白发新，椒房阿监青娥老⑭。
夕殿萤飞思悄然，孤灯挑尽未成眠。
迟迟钟鼓初长夜，耿耿星河欲曙天。
鸳鸯瓦冷霜华重，翡翠衾寒谁与共？
悠悠生死别经年，魂魄不曾来入梦。
临邛道士鸿都客⑮，能以精诚致魂魄⑯。
为感君王辗转思，遂教方士殷勤觅⑰。
排空驭气奔如电，升天入地求之遍。
上穷碧落下黄泉，两处茫茫皆不见。
忽闻海上有仙山，山在虚无缥缈间。
楼阁玲珑五云起，其中绰约多仙子。
中有一人字太真⑱，雪肤花貌参差是。
金阙西厢叩玉扃⑲，转教小玉报双成⑳。
闻道汉家天子使，九华帐里梦魂惊。

揽衣推枕起徘徊,珠箔银屏迤逦开㉑。
云鬓半偏新睡觉㉒,花冠不整下堂来。
风吹仙袂飘飘举㉓,犹似霓裳羽衣舞。
玉容寂寞泪阑干㉔,梨花一枝春带雨。
含情凝睇谢君王㉕,一别音容两渺茫。
昭阳殿里恩爱绝,蓬莱宫中日月长。
回头下望人寰处,不见长安见尘雾。
惟将旧物表深情,钿合金钗寄将去。
钗留一股合一扇,钗擘黄金合分钿㉖。
但教心似金钿坚,天上人间会相见。
临别殷勤重寄词,词中有誓两心知。
七月七日长生殿,夜半无人私语时。
在天愿作比翼鸟,在地愿为连理枝。
天长地久有时尽,此恨绵绵无绝期。

注释：

①汉皇：指唐玄宗。②御宇：统御天下。③醉和春：醉意伴随着春意。④列土：分封领地。⑤凝丝竹：喻歌舞紧扣音乐声。⑥渔阳句：指安禄山在渔阳起兵叛乱。鼙（pí）鼓：中国古代军队中用的小鼓。⑦翠华：皇帝仪仗中用翠鸟羽毛作装饰的旗帜。⑧花钿（diàn）：花朵形首饰。⑨翠翘、金雀、玉搔头：均为杨妃所佩戴的钗簪。⑩云栈（zhàn）：高入云霄的栈道。剑阁：在今四川省剑阁县东北大剑山、小剑山之间，为由陕入川的必经之路。⑪天旋句：指局势转变，玄宗还京。龙驭（yù）：皇帝的车驾。⑫信马归：任马驰骋而归。⑬太液：太液池。未央：未央宫。⑭椒房：后妃们住的地方。阿监：指宫中女官。⑮临邛（qióng）句：意谓来自蜀中，作客长安的道士。临邛：今四川省邛崃县。鸿都：汉宫门名，此指长安。⑯致魂魄：将灵魂召来。⑰方士：有道术的人。⑱太真：杨贵妃为女道士时号"太真"。⑲扃（jiōng）：门户。⑳转教：指请侍女通报。小玉、双成：指太真侍女。㉑珠箔：珠帘。迤逦开：谓层层敞开。㉒新睡觉：刚睡醒。㉓袂（mèi）：衣袖。㉔阑干：形容泪水横流的样子。㉕凝睇（dì）：凝视。㉖擘（bāi）：分开。

赏析：

白居易的《长恨歌》是古典诗歌中的不朽之作，从它问世到现在十二个世纪的漫长岁月里，始终传唱不衰，保持着极强的生命力。作者作此歌的初衷本是"惩尤物，窒乱阶，垂于将来"（《长恨歌传》），可以说是将《长恨歌》的主题定为了"耽色误国"，然而却在写作的过程当中为李、杨二人凄美的爱情故事所裹挟，不由自主地写出了这首千古绝唱。全诗将叙事、写景、抒情三者完美地结合在一起，将一幅幅浸透人间悲喜、饱含荣枯变化的画面展现在人们面前，动情讲述了一个朝代由盛而衰的历史，一位帝王由喜而悲的爱情，旷世的爱情与流传千古的佳句同样具有无穷魅力，超越了时空的阻隔和生命的极限，最终达到一种永恒的境界。

【诗评】

《长恨歌》一篇，其事本易传，以易传之事，为绝妙之词，有声有情，可歌可泣，文人学士，既叹为不可及，妇人女子，亦喜闻而诵之，是以不胫而走，传遍天下。

——《瓯北诗话》

琵琶行 并序

白居易

元和十年，余左迁九江郡司马。明年秋，送客湓浦口，闻舟中夜弹琵琶者。听其音，铮铮然有京都声。问其人，本长安倡女，尝学琵琶于穆、曹二善才，年长色衰，委身为贾人妇。遂命酒使快弹数曲。曲罢悯然，自叙少小时欢乐事，今漂沦憔悴，转徙于江湖间。余出官二年，恬然自安，感斯人言，是夕始觉有迁谪意。因为长歌以赠之，凡六百一十二言，命曰《琵琶行》。

浔阳江头夜送客，枫叶荻花秋瑟瑟。
主人下马客在船，举酒欲饮无管弦。
醉不成欢惨将别，别时茫茫江浸月。
忽闻水上琵琶声，主人忘归客不发。
寻声暗问弹者谁，琵琶声停欲语迟①。
移船相近邀相见，添酒回灯重开宴。
千呼万唤始出来，犹抱琵琶半遮面。
转轴拨弦三两声②，未成曲调先有情。
弦弦掩抑声声思，似诉平生不得志。
低眉信手续续弹，说尽心中无限事。
轻拢慢捻抹复挑，初为《霓裳》后《六幺》③。
大弦嘈嘈如急雨，小弦切切如私语④。
嘈嘈切切错杂弹，大珠小珠落玉盘。
间关莺语花底滑⑤，幽咽泉流冰下难。
冰泉冷涩弦凝绝，凝绝不通声暂歇⑥。
别有幽愁暗恨生，此时无声胜有声。
银瓶乍破水浆迸，铁骑突出刀枪鸣⑦。
曲终收拨当心画⑧，四弦一声如裂帛。
东船西舫悄无言，唯见江心秋月白。
沉吟放拨插弦中，整顿衣裳起敛容。
自言本是京城女，家在虾蟆陵下住。
十三学得琵琶成，名属教坊第一部。
曲罢曾教善才服⑨，妆成每被秋娘妒⑩。
五陵年少争缠头⑪，一曲红绡不知数。

钿头银篦击节碎⑫，血色罗裙翻酒污。
今年欢笑复明年，秋月春风等闲度。
弟走从军阿姨死，暮去朝来颜色故⑬。
门前冷落鞍马稀，老大嫁作商人妇。
商人重利轻别离，前月浮梁买茶去⑭。
去来江口守空船，绕船月明江水寒。
夜深忽梦少年事，梦啼妆泪红阑干⑮。
我闻琵琶已叹息，又闻此语重唧唧。
同是天涯沦落人，相逢何必曾相识。
我从去年辞帝京，谪居卧病浔阳城。
浔阳地僻无音乐，终岁不闻丝竹声。
住近湓江地低湿⑯，黄芦苦竹绕宅生。
其间旦暮闻何物，杜鹃啼血猿哀鸣。
春江花朝秋月夜，往往取酒还独倾⑰。
岂无山歌与村笛，呕哑嘲哳难为听⑱。
今夜闻君琵琶语，如听仙乐耳暂明。
莫辞更坐弹一曲，为君翻作《琵琶行》。
感我此言良久立，却坐促弦弦转急⑲。
凄凄不似向前声，满座重闻皆掩泣。
座中泣下谁最多？江州司马青衫湿⑳。

注释：

①欲语迟：欲说还休。②转轴：转动琵琶上琴柱调音色。③霓裳：《霓裳羽衣曲》。六幺：曲名。④大弦、小弦：分别指琵琶上最粗的弦和最细的弦。⑤间关：象声词。形容婉转的鸟鸣声。⑥冰泉两句：意谓琵琶声好像冰泉冷涩一样渐缓渐停，直至中断。⑦银瓶两句：形容琵琶声忽而铿然响起，如同银瓶迸裂水浆四溅，又如铁骑突出刀枪齐鸣。⑧拨：拨弦的用具。当心画：用拨当着琵琶的中心

用力一划。⑨善才：善弹者。⑩秋娘：泛指歌姬。⑪缠头：唐时艺妓表演完毕，观者多以绫帛为赠，称为缠头。⑫钿头句：意谓欢乐时便以首饰击节打拍，以至于首饰常常断裂破碎。钿头银篦：两端镶有金玉花形的银篦子。⑬颜色故：姿容衰老。⑭浮梁：今江西省景德镇市。⑮阑干：指泪水横流的样子。⑯湓（pén）江：在今江西省九江市。⑰独倾：独酌。⑱呕哑、嘲哳（zhā）：形容声音杂乱刺耳。⑲促弦：拧紧琴弦。⑳青衫：唐官员品级最低的服色。

赏析：

《琵琶行》是继《长恨歌》之后的又一部极为优秀的长篇叙事诗，是白居易谪居浔阳时所作。那一年的秋天，诗人于浔阳江头送别友人，主客正因宴席上缺少管弦相伴而无法畅饮，忽然被一阵从江上传来的琵琶声感动，于是逐音寻去，见到了本诗的女主人公，这位琴艺精湛却已年长色衰的琵琶女。

在作者细腻而深刻的笔下，她的情态声貌、举意动容无不透露着伤心人的矜持，她那时而幽婉、时而铿锵、高回低转的琵琶声中寄寓着无限心事，她关于自己身世的叙述，是对辉煌过去的追忆，是浮华过后的凄凉。而当这一切听在作者耳中，看在作者眼里，他终于不胜伤感，潸然泪下，发出了"同是天涯沦落人，相逢何必曾相识"的深沉叹息。

全诗结构缜密，譬喻精妙，感情深挚；情节波澜起伏，时有绝处逢生之妙，而且诗中流传的千古佳句颇多，真是不朽名篇。

遣悲怀（其一）

元 稹

谢公最小偏怜女①，自嫁黔娄百事乖②。
顾我无衣搜荩箧③，泥他沽酒拔金钗④。
野蔬充膳甘长藿⑤，落叶添薪仰古槐⑥。
今日俸钱过十万，与君营奠复营斋⑦。

注释：

①谢公句：东晋宰相谢安最疼爱其侄女谢道韫。此指妻子从小娇生惯养。②黔娄：指自己家境贫困。③顾：看到。荩（jìn）箧（qiè）：荩草编成的箱箧。④泥他：软言求她。⑤甘：甘心。藿（huò）：豆叶。⑥仰：依仗。⑦营：办理。奠：祭品。斋：指请僧人超度。

赏析：

此作回顾作者未发达之前夫妻二人的艰苦生活，极写韦氏这从小受到千娇百宠的相府千金嫁给自己后尽心相助、安于贫贱的高贵品行；拔钗沽酒、野蔬充膳诸般描述无不生动形象、感人肺腑。结尾说自己如今俸钱超过十万，独自在此为妻子经营祭奠，愧疚之情、哀伤之意尤为深沉。

遣悲怀（其二）

元　稹

昔日戏言身后意①，今朝都到眼前来。
衣裳已施行看尽②，针线犹存未忍开。
尚想旧情怜婢仆，也曾因梦送钱财。
诚知此恨人人有，贫贱夫妻百事哀。

注释：

①身后意：死后的打算。②行：行将。

赏析：

韦氏从前曾经与作者戏言死后的事情，谁知玩笑话却变成了眼前的现实。作者因为不愿睹物思人，所以把妻子穿过的衣服施舍出去，将妻子做的针线活原封不动地保存了起来，不忍打开。他因为感念家中婢仆与妻子的旧日情分而对他们格外哀怜，因为梦到妻子仍然贫寒而烧送冥钱。他知道夫妻之间终不免阴阳两隔，只是想起妻子，想起她与自己共守贫贱、苦乐相伴的日子，每一点每一滴无不让他感到格外悲伤。

遣悲怀（其三）

元　稹

闲坐悲君亦自悲，百年都是几多时。
邓攸无子寻知命①，潘岳悼亡犹费词。
同穴窅冥何所望②？他生缘会更难期。
惟将终夜长开眼，报答平生未展眉。

注释：

①邓攸无子：晋邓攸在战乱中为拯救亡兄之子，丢弃了自己的儿子，以为自己还可以生养，但终无子嗣。②同穴：合葬。窅（yǎo）冥：深远，渺茫。

赏析：

独自闲坐的时候，作者想起了妻子，他感到悲伤，悲伤妻子的早逝，悲伤自己失去人生的良伴。人寿有限，纵然百年也终有完结之日，其间又常常闪过命运难以捉摸的影子，善良的邓攸终生不再有子，这不就是最好的例子吗？妻子早亡，许是命中注定，只是人死无知，作者想要为她写上一篇潘岳悼妻那样的诗篇，也是终觉徒然。他知道纵使与妻子同穴而葬，也会因为地下窅冥而哀情难通，知道他生再续前缘相见更是难以期待，他说，只有用自己长夜不寐的思念，才能报答妻子平生未展的眉头。

宫　词

张　祜

**故国三千里，深宫二十年。
一声《何满子》，双泪落君前。**

赏析：

本诗写幽闭深宫的宫女的痛苦和怨恨。句句用数字，两两对比，突出表现宫女遭遇的悲惨，揭露封建后宫制度的残酷性，唱出了千万宫女的普遍心声。《何满子》，唐代教坊舞曲名，曲调婉转悲凉。

这是一首短小精致的宫怨诗。与一般短小的宫怨诗相比，这首诗有其特殊之处。大多数以绝句体裁写成的宫怨诗，在表达方式上讲究婉转含蓄，内容上通常也只写宫人悲惨生活的一个片段，留下更多的空间让读者去想象。而这首诗则与众不同，它不但对宫人的生活画面进行了全景展示，而且直叙其事，直写其情。将宫人寂寥凄凉的人生遭际直截了当呈现出来，引人慨叹。

"故国三千里，深宫二十年"两句，诗人以加一倍、进一层的表现手法，把宫女不幸的境遇，深重的苦痛、怨恨集中描写了出来。首句着眼于空间，点明宫女离家之远；次句落笔于时间，点明宫女入宫之久。宫女在宫中生活，既饱受思念亲人之苦，又没有被宠幸的幸福可言，这对正值芳龄的青春少女而言，本身就是难以忍受的酷刑，更不用说"故国三千里，深宫二十年"了。在这里，诗人仅用十个字就写出了宫人远离故乡、幽闭深宫的不幸遭遇。这两句诗语言简洁凝练，极具感染力，看似轻描淡写，实则举重若轻。

"一声《何满子》，双泪落君前"两句诗不藏不掖，直接描写宫女在君前挥泪的怨恨之情，写出一个失去幸福自由的女子的真实情感。久积成怨之下，一声悲歌，两泪齐落，正是女主人公心中深埋的怨情直接抒发的结果。这两句诗以强烈取胜，不以含蓄见长。一般宫怨诗多写宫女失宠或不得幸的哀怨，而本诗却一反其俗，写在君前挥泪怨恨，还一个被夺去幸福自由的女性的本来面目。事直说，情直抒，这也是本诗的独到之所在。

全诗只用了"落"字一个动词，其他全部以名词组成，因而显得简括凝练，强烈有力。而每句诗中又都嵌入了一个数字，将事件表达得清晰而明确。

同题仙游观

韩翃

仙台初见五城楼①，风物凄凄宿雨收②。
山色遥连秦树晚，砧声近报汉宫秋③。
疏松影落空坛静，细草香生小洞幽。
何用别寻方外去④，人间亦自有丹丘⑤。

注释：

①五城楼：传说中神仙的居所，这里借指仙游观。②宿雨：前夜的雨。③砧声：捣衣声。古代捣衣多在秋晚。④方外：世俗之外，指神仙的居处。⑤丹丘：指神仙居处。

赏析：

　　这是一首游览诗，描绘了雨后仙游观高远开阔、清幽雅静的景色，盛赞道家观宇胜似人间仙境，表现了诗人对道家修行生活的企慕。仙游观，《旧唐书·潘师正传》载，道士潘师正居嵩山逍遥谷，唐高宗临东都，曾召见他，并令于逍遥谷开一门，号称仙游门。

　　诗的前三联描绘了雨后仙游观观内观外的景色。首联"仙台初见五城楼，风物凄凄宿雨收"，点出了当时的天气状况：宿雨初晴、风物萧瑟。诗的第一句以传说中的神仙居处"五城楼"代指仙游观，可见诗人对仙游观印象颇佳。颔联"山色遥连秦树晚，砧声近报汉宫秋"，着意描绘仙游观秋夜之景：茫茫夜色中，山色与秦地的树影遥遥相接，捣衣声仿佛在宣告汉宫步入秋季。颈联"疏松影落空坛静，细草香生小洞幽"：稀稀落落的青松投下凌乱的树影，道坛上安静幽寂，细草生香，仙洞幽深。尾联"何用别寻方外去，人间亦自有丹丘"，意思是说何必再去寻找世外仙境，人世间本就有神仙洞府！诗人直抒胸臆，称赞仙游观乃神仙洞府，表达了对闲适生活的向往。

　　本诗语言清新，文字秀美，韵律和谐，含蓄隽永，极富情趣。

【诗评】

　　诗气息沉雄，笔下有萧散之气。
　　　　　　　　——《精选评注五朝诗学津梁》

近试上张水部

朱庆馀

洞房昨夜停红烛，待晓堂前拜舅姑。
妆罢低声问夫婿，画眉深浅入时无？

赏析：

张水部，即张籍，长庆二年（822年），张籍由国子博士迁水部员外郎。近试，临近考试之意。说明这首诗是诗人在应试前献给张籍的。唐代应进士科举的士子有向名人行卷的风气，以希求其称扬和介绍于主持考试的礼部侍郎。朱庆馀本诗投赠的对象，是水部郎中张籍。朱庆馀平日向他行卷，已得到他的赏识，临到要考试了，以新妇自比，以新郎比张，以公婆比主考，写下了这首诗，征求张籍的意见。据记载，读过朱庆馀的献诗后，张籍特意作了一首《酬朱庆馀》，以示答应。朱的赠诗写得好，张也答得妙，真可谓珠联璧合，千百年来传为诗坛佳话。

本诗为行卷诗。诗借描写"新嫁娘在拜见公婆前精心梳妆打扮并征求夫婿意见，担心画眉是否入时"，来比喻"士子应试前担心文章是否合格，能否得到考官赏识"，表现了待考知识分子彷徨不安又满怀期待的心理，也反映了当时科举考试中依傍豪门的社会风气。比喻新巧贴切，单作闺情诗看，也是佳作。

按照古代习俗，结婚次日清早有新媳妇拜见公婆的传统。诗人以新娘的口吻，重点描写拜见公婆之前的心理状态。前两句渲染特定的情境："洞房"交代了诗中人物所处的地点。"昨夜""待晓"四字表明时间，由晚至晓整整一个通宵。"拜舅姑"，就是拜见公婆。从"洞房昨夜停红烛"，到"待晓堂前拜舅姑"，这两句诗表现了时间的转换和地点的推移，也展示了人物内心感情的变化。

后两句细致地描绘新娘拜见姑婆前的复杂心理。"妆罢"二字，从上句"待"字生出，隐隐点出她已梳妆了很久。用心梳好妆，画好眉之后，新嫁娘还是觉得没有把握，只好询问身边的丈夫。"低声"二字用得极其准确，表现出了新嫁娘拘谨、娇羞的神态。以问句作结，韵味无穷。

本诗比喻新奇，有一箭双雕之巧妙，值得好好品味。

寻隐者不遇

贾 岛

松下问童子，言师采药去。
只在此山中，云深不知处。

赏析：

这是一首问答诗，诗人采用了寓问于答的手法，将诗人进山寻访隐者不遇的心情起落描摹得淋漓尽致。其言繁，其笔简，情深意切，白描无华。

这首诗最大的特点就在于精练。贾岛是苦吟派诗人，以炼字闻名。他不仅着眼于锤字炼句，在谋篇构思方面也同样狠下苦功。在本诗中，他把三轮问答精简于四句诗中，短短二十字，意蕴无穷。首先，在一二句之间，诗人省略了一句自己的问话。"松下问童子"，必有所问，只是问题被诗人隐去了。但从童子所答"师采药去"四字推出，诗人见松下童子所问的是"师往何处去"。之后，在二三句之间，诗人依旧延续隐去问题的手法，省略了"采药在何处"这一问句，只保留了童子的回答"只在此山中"。这一隐一答如同画中大片的留白，给人以想象的空间。末句则再次拓展了想象的空间，把人带到更为空灵的境界中：远山云雾缭绕，如同仙境，在其中采药的隐者如同神仙，来去无踪。

然而，这首诗的成功，不仅在于简练，单言繁简，还不足以说明它的妙处。诗贵善于抒情，这首诗的最大抒情特色在于平淡中见深沉。一般访友，问知友人不在，也就扫兴而走了。但这首诗中，诗人一问之后并不罢休，又二问三问。这三番答问，逐层深入，表达感情有起有伏。"松下问童子"时，心情轻快，满怀希望；"言师采药去"，答非所想，坠入失望；"只在此山中"，失望之中又萌生了一线希望；及至最后一答"云深不知处"，就怅然若失，无可奈何了。

诗除了要通过艺术形象来抒发感情之外，还讲求画面感。从表面上看，本诗好像没有一点儿色彩，全为白描，而且是淡淡着墨，不是浓重泼洒。实际上，诗中的形象很自然，色彩明亮，浓淡适宜。繁茂的青松，飘浮的白云，这松和云，青和白，形象及色彩正好与云山深处的隐士身份相吻合。而且，没见到隐者之前先看到美丽的画面，挺立的青松中蕴含着蓬勃的生机；之后见到飘浮不定的白云，使人不禁产生"秋水伊人"无处找寻的联想。从诗中形象的交替变化，色彩的先后差异中也反映出诗人感情的转换。本诗中的隐士以采集药物、济世救人为生，因此诗人对他十分敬慕。诗中的白云显出他的高尚脱俗，青松显出他的傲骨，既是写景，又是比兴。诗人敬慕而未能遇到，这样便更显出其惆怅之情了。

游子吟

孟 郊

慈母手中线，游子身上衣。
临行密密缝，意恐迟迟归。
谁言寸草心①，报得三春晖②？

注释：

①寸草心：小草的嫩心，比喻天下儿女之心。②三春晖：春日温暖的阳光，比喻母爱的温暖。

赏析：

母亲的细针密线织就了游子身上的征衣，游子将要离家的时候，母亲会将衣服缝补得更加结实，以确保它们能帮游子抵挡风寒；她其实更希望游子能早早归来，那样她才能真正地放下心来。游子就像春天里的小草，母亲就像那无微不至的春晖，作者说：短短的小草，如何能报答得了春晖带给它的温暖和恩情？全诗短短数语，但从古至今感动了千万读者，是描写亲情难得的佳作。

【诗评】

千古之下，犹不忘谈，诗之尤不朽者。

——《唐诗品汇》

钟伯敬曰："仁孝之言，自然风雅。"

——《唐诗归》

书边事

张 乔

调角断清秋①，征人倚戍楼②。
春风对青冢③，白日落梁州④。
大漠无兵阻，穷边有客游⑤。
蕃情似此水，长愿向南流。

注释：

①调角：吹角。断：停止。②戍楼：防地的城楼。③青冢（zhǒng）：指昭君墓。④梁州：指凉州，唐时凉州为边塞之地。⑤穷边：绝远的边地。

赏析：

这是一首描写唐朝西北边塞和平景象的诗。唐肃宗之后，吐蕃占领了唐朝疆域河西、陇右一带。宣宗大中五年（851年），沙州张议潮带领民众出兵起义，收复了瓜、伊、西、甘、肃、兰、鄯、河、岷、廓十州后，又派人将沙、瓜等十一州地图上呈朝廷。宣宗大喜，任命张议潮为归义军节度使。大中十一年，吐蕃降唐。从此，唐朝西部边塞地区才再次出现和平安定的局面。本诗正是写于上述情况之后，诗人游历边塞，本诗即是他的所见所闻以及亲身感受。

首联写戍边将士安宁的军旅生活。"调角断清秋，征人倚戍楼"：清秋的边地听不到号角的声响，征人悠闲地倚着哨楼向远处眺望。颔联"春风对青冢，白日落梁州"二句，写边塞的景色。"春风"，不是实指，而是虚写；"青冢"，是汉代昭君墓。颈联"大漠无兵阻，穷边有客游"，写出边塞的辽阔与和平。尾联是诗人对民族团结的良好祝愿，寓意高阔而深远。

【诗评】

此诗高视阔步而出，一气直书，而仍有顿挫，亦高格之一也。
——《诗境浅说》

宫　词

薛　逢

十二楼中尽晓妆①，望仙楼上望君王。
锁衔金兽连环冷，水滴铜龙昼漏长②。
云髻罢梳还对镜，罗衣欲换更添香。
遥窥正殿帘开处，袍袴宫人扫御床③。

注释：

①十二楼：本指神仙所居之处，此指宫女居住的楼台。②水滴铜龙：龙首滴水的铜壶滴漏。③袴（kù）：同"裤"。

赏析：

此诗写闭居深宫之中的宫妃的苦闷和怨恨。前六句以铺叙的手法描述了幽闭的宫门内宫妃们从早到晚多次梳洗打扮，盼望君王临幸的情景，真实地反映出宫中生活的单调无聊，以及身处其中的女性的悲惨命运。末联写宫妃窥见宫人打扫御床以备皇上驾临正宫，猛然觉得自己远不及那些洒扫的宫人接近皇上，心里愈加怨恨。

【诗评】

通过细节描写而烘托主人公内心起伏的手法，虽不是极情尽意地描述悲喜，却独具意味。综观全诗，可谓构思巧妙，刻画入微，作者当年作此诗的时候并不见得就是意在反映宫妃生活之苦痛，中唐时写宫词是种风气，然而却无心插柳地成就了一篇真实记录，让后人得以对宫廷生活窥豹一斑。

登柳州城楼寄漳汀封连四州

柳宗元

城上高楼接大荒①，海天愁思正茫茫。
惊风乱飐芙蓉水②，密雨斜侵薜荔墙③。
岭树重遮千里目，江流曲似九回肠。
共来百越文身地④，犹自音书滞一乡。

注释：

①大荒：边远荒凉的地方。②飐（zhǎn）：吹动。芙蓉：荷花。③薜（bì）荔：一种常绿蔓生植物。④百越：即"百粤"，指当时五岭以南的各少数民族地区。文身：古代南方少数民族在身上刺花纹的风俗。

赏析：

本诗是诗人被贬柳州后怀念友人之作。诗寓情于景，描写了诗人登柳州城楼

所见的茫茫大荒、海天、惊风密雨等凄厉景色,抒发了诗人心中汹涌澎湃的悲愤,表达了诗人对同遭贬谪的友人的深切怀念。漳汀封连四州,指的是漳州(今福建龙溪一带)、汀州(今福建长汀一带)、封州(今广东封开一带)、连州(今广东连县一带)。

首联描写的是诗人登上城楼后的所见之景,属破题之笔。"高"与"接大荒"极写城楼的高,这是诗人远眺的基础。城楼高,所以视野辽阔,诗人才能放眼于千里之外,看到水天相接之处。此刻,诗人由所见之物引发感慨,借物抒发了"愁思"之情。"愁思"二字奠定了诗歌凄惨、悲凉、怨叹的基调。

颔联由远及近,诗人特意选取带有象征意义的"芙蓉"和"薜荔"展开描写。这两句是说狂风吹打着池塘的荷花,大雨斜打着满墙的木莲。此联兼用了赋、比、兴三种写法。芙蓉和薜荔是象征之物,前者象征人格的美好,后者则象征着人性的高洁。芙蓉出水,本于风无碍,但"惊风"仍然要将之摧毁;薜荔满墙,"密雨"本难侵入,但"密雨"偏要对其斜侵。清代学者纪昀评这两句云:"赋中之比,不露痕迹。"

颈联写的是诗人于风雨中看到的远景:层层叠叠的密林遮住了诗人远眺的视线,楼下的江流弯弯曲曲,流向远方。诗人眼随心动,转向了漳、汀、封、连四个地方,由景生情,引发无限愁绪。

尾联以诗人的感慨结篇。诗人和友人们被贬到偏远荒凉之地,已然万分孤寂,然而彼此之间却连音信都无法传达。这种处境又让诗人感到一丝悲凉。

全诗景中有情,境中有意,赋、比、兴兼用而又不着痕迹,表现出诗人与四位友人之间深厚的情谊,也蕴含着天各一方、音书难通的痛苦之情。

江 雪

柳宗元

千山鸟飞绝,万径人踪灭。
孤舟蓑笠翁①,独钓寒江雪。

注释:

①蓑笠翁:披蓑衣、戴斗笠的渔翁。

赏析:

这首五言绝句,是柳宗元的代表作品之一,约作于谪居永州(今湖南零陵)期间。柳宗元被贬永州,政治的失意使他的精神上受到了很大打击。于是,他就借描写山水景物,借歌咏隐居在山水之间的逸士,来寄托自己清高而孤傲的情寂悲凉之情。全诗虽然只有二十字,但画面感极强,且情景交融,浑然一体。

本诗的构思十分精巧,诗人综合使用了对比、衬托的写作手法:以千山万径的辽阔衬托孤舟渔翁的微小;以鸟绝人无的寂灭对比渔翁垂钓的情趣;以画面的静谧、清冷衬托人物内心思绪的翻涌。

本诗的特点,首先是营造了冷峻、凄寒的艺术氛围。单纯就诗的字词来看,第三句"孤舟蓑笠翁"好像是诗人描写的重点,占了整个画面的主要位置:一个披蓑戴笠的老渔翁独坐于小舟上垂钓。这一句中的"孤"、"独"两字显示出老翁的远离凡尘,及其超凡脱俗、清高孤傲的个性特点。诗人所要表达的主题在此已经显示出来,然而诗人还觉得意兴不够,便又为渔翁用心营造了一个辽阔无垠、万物无声的艺术境界:远处山峰高耸,万条小路纵横,只是山间没有一只飞鸟,路上没有一个行人。大雪带来的寒冷造就了一个白茫茫的清冷世界。这一背景清晰地衬托出老渔翁孤单、渺小的身影。在这一时刻,他的内心会是多么孤寂、凄凉啊!此处,诗人运用烘托和渲染的写作手法,着重描写老渔翁垂钓之时的天气情况及周边景致，轻描淡写，寥寥数语就营造出冷峻、凄寒的抒情氛围。

本诗的第二个特点是，生动地表现了诗人被贬永州后不甘屈从而又深感孤寂的内心状态。在"永贞革新"失败之后，柳宗元接连遭到贬谪，但仍保持着一种坚贞不屈的精神状态。他所作的"永州八记"，专门描写偏远穷困地区的风景，借文章表达思想，寄托情怀。在柳宗元的诗文中，不论是一棵草还是一株树，都能反映出他极其孤寂、凄苦、落寞的心情，充分体现了他超凡脱俗、清高孤傲的个性。本诗中的老渔翁，独处凄寒、清冷的境界而依然故我，进入杳无人烟的环境仍泰然自若。他的风度、气概，以及坚贞不变的心态，难道不令人敬慕吗？

结构清晰、构思巧妙，是本诗的另一个特点。诗的题目为"江雪"，然而诗人落笔处并未点题。他先描写了千山万径的寂静和凄冷。随后，诗人突转笔锋，描写了正在孤船中垂钓的披蓑戴笠的渔翁形象。直至诗的结尾诗人才写出"寒江雪"三个字，正面点破题目。茫茫的天际，白雪覆盖的大地，这种辽远的景象十分吸引人。读到最后，倒过头来再读整首诗，读者心中就会不禁生发出一种豁然开阔且明亮的感觉。

金缕衣

无名氏

劝君莫惜金缕衣，劝君惜取少年时。
花开堪折直须折①，莫待无花空折枝。

注释：

①直须：就须。

赏析：

这首诗歌流行于中唐时期。诗以浅显的语言、形象的比喻，劝告人们不要追求荣华富贵，而要爱惜光阴，珍惜青春。全诗富有哲理性，含义深远。具体诗人是谁已不可考,有的唐诗选本将其作者直接注为杜秋娘。据记载,杜秋娘是金陵人,十五岁成为李锜之妾,后因李锜谋反被送入官中,得到宪宗宠爱。后穆宗即位,封她为皇子傅母。皇子被废后,她回到故里,穷困凄苦,无依无靠。金缕衣,当属唐代乐府新题。

一、二句句式相同,都以"劝君"开始。"惜"字两次出现,但第一句是"劝君莫惜",第二句是"劝君惜取",形成重复中的鲜明对比。"金缕衣"是华贵之物,诗人却"劝君莫惜",可见还有比它更珍贵的东西,那就是"少年时"。因此诗人"劝君惜取少年时"。诗人一劝再劝君,使用对白,情意殷切。第一句否定,第二句肯定,否定第一句是为了肯定第二句,这种写法使诗歌形成了一个反复咏叹的过程,使诗歌的旋律和节奏曲折缓慢,既体现了歌曲的韵律美,又展现了楚楚动人的风韵。

三、四句构成第二次反复和咏叹,还是强调莫负好时光。从句式来看,三、四句与一、二句类似,但在表现手法上又有所差异。一、二句直抒胸臆,三、四句却用了譬喻的方式,重复之中变化可见。三、四句不似一、二句那般句式整齐,但含义是彼此呼应恰到好处的。第三句劝告对方"有花"时应如何做,第四句假设"无花"时的后果。另外诗人又以"须"字和"莫"字对立,使两句话的意思紧密地联系起来。"有花堪折直须折"从正面劝告人们珍惜光阴、及时行乐;"莫待无花空折枝"从反面说不能珍惜时光的后果,再次表达同样的意思。这两句可以看做"劝君"的继续,但语调却由缓慢变得急促、激烈,力度很大。"花"字出现两次,"折"字竟然出现了三次,形成了一种回文式的美感。诗句大胆表达了对快乐的追求、对青春的热爱,热情真挚、豪放直率,令人深受感染。此外,一系列的字与字的重叠、句与句的反复,更使得诗歌朗朗上口,充满韵律美,含义也显得愈加悠远绵长。

赤　壁

杜　牧

折戟沉沙铁未销,自将磨洗认前朝。
东风不与周郎便,铜雀春深锁二乔[①]。

注释：

①铜雀：即铜雀台，建安十五年曹操在邺城所建。故址在今河北省临漳县。因台上有楼，楼顶有一丈五尺高的铜雀而得名，为曹操晚年享乐之处。二乔：大乔、小乔，以美貌著称于世。大乔嫁给了孙策，小乔嫁给了周瑜。

赏析：

诗人杜牧任黄州刺史期间，曾游览赤壁（即今湖北武昌西南赤矶山）这个著名的古战场，有感于三国时代的英雄成败，抚今追昔，怀古咏叹，便作本诗。诗以地名为题，实则是怀古咏史之作。诗人借观看赤壁遗物断戟追想当年周瑜的成功是由于巧遇东风出于侥幸，不然连二乔都将为曹操所有。本诗构思精巧，含蓄地抒写了诗人怀才不遇的愤激和苦闷。

诗的前两句借一件古物来表达诗人对前朝旧事——赤壁之战的感慨。这件古物是一支折断的铁戟，被埋没在水底泥沙中六百多年，一直没有被腐蚀掉，终于被人发现。经过后人考证，确定了它是赤壁之战的遗物。这件不太起眼的破损兵器使诗人心中不禁涌出了一种"怀古之幽情"，他联想到了汉末那个天下大乱的时代，想起了那次决定了三国鼎立之势的重大战役，以及那一战中起了决定作用的人物。

三、四句是议论。在赤壁之战中，东吴主将周瑜凭借火攻，以少胜多，大胜曹军八十万。而火攻能够发挥作用，恰恰是因为在战争的关键时刻刮起了强劲的东风。所以诗人评论这场大战的成败缘由，就从获胜者周瑜以及他赖以取胜的东风着笔了。又因为取胜的原因最终要归于东风，所以诗人将东风置于更重要的位子上。不过，诗人并没有正面描述东风为周瑜取胜发挥了多大作用，而是从反面论述：要是东风没有给周瑜行方便，那么赤壁之战就是另外一个结局，历史走向就会发生改变。接下来，诗人假设了曹军取胜，刘备、孙权联军失败的后果。他没有从政治、军事方面来铺陈直叙，而只是假设了两个闻名于时的美女——孙策的妻子大乔和周瑜的妻子小乔的命运。诗人认为，假如曹操真成了胜利者，一定会将大乔和小乔掳走，关在铜雀台（位于今河北临漳境内，古称邺，曹操曾在此修铜雀、金虎、冰井三台），供自己享乐。诗人通过"铜雀春深锁二乔"这一形象生动的诗句，以小见大，体现了他在艺术处理上的独特之处。

泊秦淮

杜 牧

烟笼寒水月笼沙,夜泊秦淮近酒家。
商女不知亡国恨,隔江犹唱《后庭花》①。

注释:

①后庭花:陈后主、袁大舍等为友客共赋新诗,采其尤艳者有《玉树后庭花》等曲。

赏析:

金陵作为六朝古都,曾繁华一时,尤其是秦淮河两岸,更是当时豪门贵族、官僚士大夫享乐游宴的场所,"秦淮"也渐渐成为"纸迷金醉"生活的代名词。

首句写景,竭力渲染秦淮河两岸夜色的清淡素雅。烟、水、月、沙,被两个"笼"字和谐地融合在一起,传神地勾画出秦淮河两岸朦胧淡雅的景象。第二句叙事,点明时间、地点,平淡之中既照应诗题,也引出下文,交代了事件发生的缘由。此句承前说明前面所述景色是夜泊所见,又引起下文。诗的后两句是诗人听商女唱后庭遗曲所引发的感慨。诗人因"近酒家"而引出商女之歌,酒家多有歌女,所唱的多为靡靡之音,毫无家国之忧。诗人在此明为批评歌女"不知亡国恨",实际上是在批判高官显贵不知忧国忧民,反而沉湎于声色犬马之中。接着,诗人又由"亡国恨"引出了"后庭花"的曲调,借陈后主之故事,影射权贵们的荒淫,可谓鞭辟入里。本诗融景、事、情、意于一炉,景为情设,情因景至,语言自然妥帖,构思巧妙严谨。

寄扬州韩绰判官

杜 牧

青山隐隐水迢迢，秋尽江南草未凋。
二十四桥明月夜①，玉人何处教吹箫？

注释：

①二十四桥：相传有二十四位美人夜吹洞箫于扬州西城外小桥，此处泛指扬州的桥梁。

赏析：

本诗为月夜怀友之作。唐文宗大和七年（833年）到九年（835年）初，杜牧在淮南（今扬州）节度使牛僧孺幕中做幕僚时，和韩绰相识，当时韩任节度判官。本诗大致作于大和九年秋或开成元年秋，是诗人离开扬州幕府后不久寄赠韩绰之作。韩绰死后，杜牧还为他写过一首《哭韩绰》，足见两人感情之深。本诗着意刻画深秋的扬州依然绿水青山、草木葱茏，二十四桥月夜仍然乐声悠扬，调侃友人生活的闲逸，也表达了对过往扬州生活的深情怀恋，寓情于景，意境悠远。韩绰，生平不详。判官，唐时节度使、观察使的属官。

诗的前两句回忆江南秋景，点明所怀念故人之背景。第一句从大处着笔，勾勒出一幅远景：青山逶迤，隐于天际；绿水如带，潺潺不绝。"隐隐"和"迢迢"两字叠用，既写出了山清水秀、绰约多姿的江南风貌，也隐约暗示着诗人对江南美景的思念和眷顾，以及诗人与友人之间那种无法阻隔的思念和祝福。第二句写虽已深秋，可草木未凋，风光依旧，突出了江南之秋的生机勃勃。这与诗人现在所处之地的萧条冷落形成了鲜明的对比。正因如此，诗人才格外眷恋江南的山水，越发怀念远方的友人，这也为下文作好了铺垫。

后两句诗，诗人化用扬州二十四桥的典故，点醒寄赠之意。扬州佳景无数，诗人记忆中最美的则是扬州二十四桥。一说扬州城里原有二十四座桥，故称为"二十四桥"，因古时有二十四位美人在桥上吹箫而得名。"玉人"，既可形容美丽洁白的女子，也可比喻风流俊秀的才郎。从末句中"教"字可看出，此处玉人应该指韩绰。诗人本是问候友人现状，却故意用开玩笑的口吻与友人调侃，问他当此秋尽之时，在何处教女子吹箫游乐。两人相知之深由此可见。

这首诗意境优美，清丽俊爽，情趣盎然，千百年来为人们所传诵，历久不衰。

遣　怀

杜　牧

落魄江湖载酒行，楚腰纤细掌中轻^①。
十年一觉扬州梦，赢得青楼薄幸名。

注释：

①楚腰：用"楚灵王好细腰"典。掌中轻：用汉赵飞燕"体轻，能为掌上舞"典。

赏析：

这首诗是诗人追忆当年扬州生活的抒情之作。文宗大和七年（833年）至九年（835年），诗人在淮南节度使牛僧孺的幕府任职，居于扬州。当时他三十出头，风华正茂，颇好宴游。从本诗看，他与扬州青楼女子来往甚多，诗酒风流，放荡不羁。故日后追忆，大有恍惚如梦，不堪回首之意。《唐人绝句精华》云："才人不得见重于时之意,发为本诗,读来但见其兀傲不平之态。世称杜牧诗情豪迈,又谓其不为龊龊小谨,即此等诗可见其概。"

诗的前两句是诗人对昔日扬州生活的回忆:寄人篱下,潦倒江湖,以酒为伴;秦楼楚馆,美女陪伴,放浪形骸。次句借用"楚王好细腰"和"赵飞燕体轻能为掌上舞"这两个典故,描写当时放浪不羁的浪漫生活。楚腰,指美人的细腰。《韩非子·二柄》载:"楚灵王好细腰,而国中多饿人。"掌中轻,指赵飞燕。《飞燕外传》云:"体轻,能为掌上舞。"此处用两个典故,表面看似夸赞女子貌美诱人,但细细品味"落魄"两字就能体会到:诗人不满自己寄人篱下、无所作为的境地,因而追忆往日的放荡生活时,并未感到扬扬自得,反而大有悔之不及之感。最后两句抒发感慨"十年一觉扬州梦",是诗人由衷的感叹,看似突兀,实际上是前两句诗的延续和发展。"十年"和"一觉"对比鲜明,愈显诗人感叹之深。而这感叹又完全归结到了"扬州梦"的"梦"字上:昔日放荡不羁、声色犬马的生活,表面上喧嚣浮华,实际上沉闷低俗,是痛苦的回忆,是不堪回首的梦……这就是诗人想表达的情绪。诗人回首悠悠十载,扬州往事如梦般虚无寂寥,最终自己一事无成,只留下"青楼薄幸"的"美名"。"赢得"二字,既是调侃,也是自嘲,更是悔恨,其中心酸苦楚,只有诗人自知。最后一句是诗人对自己早年放荡生活的进一步否定。然而,诗人的放浪生活,是与他的仕途坎坷有关的,因此,不能将本诗仅解作"忏悔之意",还应该看到,诗中也有诗人对自己一事无成的喟叹。

蝉

李商隐

本以高难饱,徒劳恨费声①。
五更疏欲断,一树碧无情。
薄宦梗犹泛②,故园芜已平③。
烦君最相警④,我亦举家清。

注释：

①本以两句：古人认为蝉是餐风饮露的，故此处说它栖于高树而难得一饱，纵然作怨恨之声也是枉然。②薄宦：官卑职微。梗（gěng）犹泛：形容自己漂泊不定的生活就好像树梗浮于水面。③芜：荒草。④君：指蝉。

赏析：

它居住在高高的树上，本就难得腹中充实，却还整天费尽气力地长鸣不停。长长的夏日里，它一直要鸣叫到五更时分，直到声嘶力竭。然而日夜哀鸣并不曾改变什么，连栖身的大树也依然是青翠如故，丝毫不为所动。作者笔下的蝉实际上是他自身的写照，蝉的哀鸣正如他在困境中的痛苦呻吟，而那毫不动情的树木则代表着冷漠世情。诗的末联是作者对蝉的寄语：真是烦劳你常常用鸣声来提醒我，其实我和你一样，也是洁身自好，举家清贫。

【诗评】

　　首二句写蝉之鸣，三、四写蝉之不鸣；"一树碧无情"，真实追魂取气之句。五、六先作"清"字地步，然后借"烦君"二字折出结句来，法老笔高，中晚一人也。

——《唐律消夏录》

风　雨

李商隐

凄凉《宝剑篇》①，羁泊欲穷年②。
黄叶仍风雨，青楼自管弦③。
新知遭薄俗④，旧好隔良缘⑤。
心断新丰酒，销愁斗几千⑥？

注释：

①宝剑篇：武则天召见唐将郭震，索其文章，郭震呈上明志之作《宝剑篇》，并因此而得到重用。②羁（jī）泊：漂泊无定。穷年：终年。③青楼：指富家的高楼，古时富贵人家的楼阁常为青色。④新知：新交的知己。遭薄俗：指为浅薄的世俗所指责诋毁。⑤隔良缘：指缘分渐浅渐尽。⑥几千：几千文，指酒资。

赏析：

诗人也曾胸怀大志，却没有郭震向皇帝呈上《宝剑篇》而得到重用那样幸运，只能在漂泊生涯中度过了一年又一年，听着达官显贵们不停享乐的笙歌管弦，他觉得自己犹如一片凋残的黄叶，在凄风苦雨中挣扎。新结识的知己多遭到世俗的诋毁，旧日的好友也与自己日渐疏远，想要暂时忘掉挫折烦恼，怕是只有以新丰美酒浇之。用几千钱的酒消愁，是酒贵还是愁多？

【诗评】

当凄凉羁泊时，风雨之夕，听青楼管弦，因感新知旧好，而思斗酒消愁，情甚难堪。

——《玉溪生诗意》

锦 瑟

李商隐

锦瑟无端五十弦①,一弦一柱思华年。
庄生晓梦迷蝴蝶②,望帝春心托杜鹃③。
沧海月明珠有泪④,蓝田日暖玉生烟⑤。
此情可待成追忆,只是当时已惘然。

注释:

①锦瑟:装饰华美的瑟。②庄生句:庄子曾经梦见自己化成蝴蝶翩翩起舞。③望帝句:相传蜀望帝杜宇死后其魂化为子规,即杜鹃鸟,鸣声凄厉哀怨,啼血方止。④沧海句:传说南海外鲛人,泣泪而成珠。⑤蓝田:山名,在今陕西,产美玉。

赏析:

这首诗是李商隐的代表作,极负盛名,爱诗者无不喜吟乐道;然而,它又是最难懂的一首诗。对于本诗的主题,自宋元以来,众说纷纭,莫衷一是,有"爱情""悼亡""音乐"等。诗题"锦瑟",用了起句的头两个字。旧说中有一种观点,认为这是一首咏物诗。但近来注解家似乎都主张:这首诗与瑟事无关,实是一篇借瑟以隐题的"无题"之作。从诗意来揣摩,认为本诗是诗人自伤身世之作的说法还是占主流。

首联两句,诗人以锦瑟起兴,引起对"华年"的追忆,有无限伤感之意。次句中的"一弦一柱"指一音一节,其关键在于"思华年"三字。一个"思"字,为全诗奠定了基调。

颔联中,诗人连用庄周和杜宇的典故,托故事言己情。"庄生晓梦"隐约包含着美好之意,却又是缥缈的梦境。在《寰宇记》中,子规就是杜鹃。这些与锦瑟又有什么关系呢?可能是锦瑟之妙音怨曲,引起了诗人无限的情思:往事如梦幻一般,所遭遇的不幸,无处倾诉,只好如望帝托杜鹃诉说春心。

颈联中,诗人连用传说,融情于其中,创造出了一种难以言说的完美境界。相传,珍珠是由南海鲛人(神话中的人鱼)的眼泪变成的。鲛人泣泪,颗颗成珠,是海中的奇情异景。月本天上明珠,珠似水中明月。由此皎月落于沧海之间,明珠泣于眼波之际,月、珠、泪,三位一体,在诗人笔下,构成了一个清怨的妙境。而传说盛产美玉的蓝田,经过旭日照射,会升腾起"玉气"(古人认为玉中藏有精气)。但玉气妙在只能远观,近看就消散无踪。因此,"玉生烟"是形容一种可望不可即的处境。"珠泪""玉烟"相互映衬,体现了诗人一种难以言表的惆怅心境。

尾联拢束全篇,明白提出"此情"二字,与首联中的"思华年"相呼应。诗人用两句话表出了几层曲折,而几层曲折又只是为了说明"此情"。"此情"到底为何情,耐人寻味。

全诗巧妙运用比喻和象征,情意含蓄,感慨深长,为难得的诗中上品。

【诗评】

> 李义山《锦瑟》中二联是丽语,作适怨清和解,甚通。然不解则涉无谓,既解则意味都尽。以此知诗之难也。
>
> ——《艺苑卮言》

无 题

李商隐

昨夜星辰昨夜风,画楼西畔桂堂东。
身无彩凤双飞翼,心有灵犀一点通①。
隔座送钩春酒暖②,分曹射覆蜡灯红③。
嗟余听鼓应官去④,走马兰台类转蓬⑤。

注释:

①灵犀:旧说犀牛角中有白纹如线,直通两端。②送钩:古时的一种游戏,将钩暗中传递,藏于一人手中,未猜中者罚酒。③分曹:分组。射覆:将东西放在器物下面让人猜。④鼓:更鼓。应官:办理官差。⑤兰台:即秘书省。

赏析:

关于昨夜的记忆,最亲切的感触是闪烁的星光、温馨的和风,而在画楼西、桂堂东,作者又遭遇了最动人的邂逅。那份两情相悦的默契,让你相信即便没有彩凤的双翼,心灵间的灵犀也能冲破重重阻隔,清楚而完满地传递表达各自的心意。

昨天晚上的欢宴,隔座送钩,分组射覆,因为有了她的存在而更觉春意融融,酒格外暖心,灯红得迷人。

在清寥的今夜回忆醉人的昨夜,作者想到她是否正身处新一轮的笑语欢歌。在不知不觉中,上差的鼓声已经敲响,他又不得不走马兰台,孤单渺小得就好像是随风飘转的飞蓬。

【诗评】

定翁云:起句妙。冯己苍先生云:妙在首二句。次联衬贴流丽圆美,"西昆"一世所效,然义山高处不在此。

——《义门读书记》

无题（其一）

李商隐

来是空言去绝踪，月斜楼上五更钟。
梦为远别啼难唤，书被催成墨未浓。
蜡照半笼金翡翠①，麝熏微度绣芙蓉②。
刘郎已恨蓬山远③，更隔蓬山一万重④。

注释：

①笼：笼罩。金翡翠：用金线绣成翡翠鸟图案的被子。②麝熏：用麝香熏染。③刘郎句：相传东汉刘晨、阮肇入山采药，路遇两位美丽的仙女，邀他们结为眷属。半年后，刘、阮想要回家中探望，二女并没有阻拦，他们到家时才发现人间已经过了七代。等到他们再回去找两位仙女，却再也寻不到了。④蓬山：指仙境。

赏析：

说好了不久就会回去，但走后便无觅影踪。月儿低斜的五更时分，小楼上，睡梦中，他看到她因别离而悲泣，呼唤她却不答应。恍然惊起后，他急忙下榻写了书信给她。

在灯下想象她于烛光半笼的锦被旁静坐的样子，想象她在麝香初沁的芙蓉帐思念自己的情形，心中不禁生出无限愧疚怜惜之情，他因而悔恨当初的离开，无奈于相聚的重重阻隔，正如诗中所说："刘郎已恨蓬山远，更隔蓬山一万重。"

【诗评】

诗文将缠绵凄恻的爱情表达得曲折哀婉，荡气回肠。

无题（其二）

李商隐

飒飒东风细雨来，芙蓉塘外有轻雷。
金蟾啮锁烧香入①，玉虎牵丝汲井回②。
贾氏窥帘韩掾少③，宓妃留枕魏王才④。
春心莫共花争发，一寸相思一寸灰。

注释：

①金蟾：古人认为蟾蜍善闭气，故用以饰锁。②玉虎：井上的辘轳。丝：井绳。③贾氏句：晋韩寿英俊，司空贾充招他为僚属时，其女于窗中窥见韩寿，于是喜欢上了他。④宓妃：指洛神。留枕：此指幽会。相传曹植将过洛水时，忽见一美丽女子飘然而来，颇似自己故去的嫂嫂甄氏。甄氏赠以在家时所用玉枕以慰思念，曹植因之而作《洛神赋》。

赏析：

诗写一位女子追求爱情失败后的痛苦。东风细雨，塘外轻雷，这般景象正如女主人公此时的心境，抑郁沉闷，怛恻不安。世间的事情，不论如何困难，都有办法可以达成心愿，比如香炉紧锁但香烟可以进入，比如井水虽深但长绳可以汲之；唯独爱情常常难以左右，它有时是贾女与韩寿水到渠成的缘分，有时是曹植爱慕甄氏一样的徒增遗憾。爱情让她苦受煎熬，她所以自诫道：爱人的心还是不要和春花争荣竞艳了吧，寸寸相思到头来都是化为灰烬。

无题（其三）

李商隐

相见时难别亦难，东风无力百花残。
春蚕到死丝方尽，蜡炬成灰泪始干。
晓镜但愁云鬓改①，夜吟应觉月光寒。
蓬山此去无多路②，青鸟殷勤为探看③。

注释：

①云鬓：形容女子如云朵一样的头发。②蓬山：蓬莱山。③青鸟：传说中的神鸟，是西王母的使者。

赏析：

因为相见本就不易，所以分别就更让人感到依依不舍、苦在心头，那份缠绵悱恻，有如身处暮春无力的东风中、面对着凋残的百花。而当情思如春蚕之丝到死方尽，别泪如蜡炬之泪成灰方干，那么有情人在早晨愁看镜中渐染霜色的鬓发时，在清寒的月光下独吟诗篇时，那落寞的心境与浓重的思念又是何其难挨！诗的尾联作宽慰之语，意谓幸好你我相隔不算遥远，希望今后能时常探望对方；以美好的期盼和愿望来解释现实中不能长相厮守的遗憾。

【诗评】

绮靡浓艳,伤春悲秋,至于"春蚕到死""蜡炬成灰",深情罕譬,可以涸爱河而干欲火。

——《李义山诗集笺注》

一息尚存,志不可少懈,可以言情,可以喻道。

——《唐诗三百首》

夜雨寄北

李商隐

君问归期未有期,巴山夜雨涨秋池①。
何当共剪西窗烛,却话巴山夜雨时。

注释:

①巴山:巴蜀东部的山。

赏析:

这是一首抒情诗。诗题又作《夜雨寄内》,"内"就是"内人",也就是妻子。但有人考证,认为本诗是大中五年(851年)七月至九月间,诗人入东川节度使柳中郢梓州幕府时所作。当时其妻王氏已殁(王氏殁于大中五年夏秋间),因此本诗应是寄给长安友人。今传李诗各本均作《夜雨寄北》,"北"就是北方的人,可以指妻子,也可以指朋友。从诗的内容看,按"寄内"理解,似乎更合适一些。其实,诗人入梓幕,与其妻仙逝,均在大中五年夏秋之际,即使王氏仙逝居先,诗人诗作在后,因当时交通阻塞、信息不灵,诗人尚为知晓也是完全可能的。即使是诗人得到了妻子去世的消息,本诗作追忆解,也未尝不可。

前两句，诗人以问答和对眼前环境的描写，阐发了孤寂的情怀和对妻子深深的怀念之情。首句一问一答，将无法摆脱的矛盾陈列出来，起伏有致，极富表现力。羁旅之愁与不得归之苦，两相对立，已跃然纸上，为全篇营造出悲怆沉痛的氛围，奠定了哀伤的基调。次句"巴山夜雨涨秋池"，看似写眼前景，实际包含了无尽的相思情。诗人将心中那绵绵羁旅愁、无尽相思苦与夜雨交织在一起，将归期而未有期的沉痛情绪渲染得更加充分。诗人独自一人寄居在他乡，夜雨淅淅沥沥，此情此景本身就惹人伤感。再加上涨满秋池这一精细而又富于实感的景象，让人感觉诗人内心无法摆脱的愁思，似乎也弥漫于巴山蜀水之间了。

后两句，诗人从眼前景生发开去，驰骋想象，另辟新境，写出了团聚时的幸福景象。"共剪西窗烛"化用杜甫《羌村三首》中"夜阑更秉烛，相对如梦寐"的诗意。前句着"何当"二字，意思是说"什么时候才能够"，与开篇的"未有期"相呼应，诗人心中热切的盼望与难以料定的惆怅融合在一起，更见浓情。来日相聚时，同在西屋的窗下窃窃私语，情深意长，彻夜不眠，以致蜡烛结出了蕊花。两个人一起剪去蕊花，仍有叙不完的离情，言不尽的喜悦。于是，诗人想象中的乐，自然更反衬出今夜的苦；而诗人今夜的苦又成了剪烛夜话的谈资，增添了重聚时的乐。

这首诗是诗人即兴而作，表现出其内心刹那间的情感变化。全诗语浅情深，曲折而含蓄，在遣词造句上无一丝矫揉造作之气，充分体现了李商隐诗的另一面：质朴自然而又"寄托深而措辞婉"的艺术风格。

【诗评】

全诗将现实与设想绾合一体，情韵缠绵，回环反复，正可见作者与妻子之间的伉俪情深。

陇西行

陈 陶

誓扫匈奴不顾身，五千貂锦丧胡尘①。
可怜无定河边骨②，犹是春闺梦里人。

注释：

①貂（diāo）锦：汉羽林军着貂裘锦衣。此处指出征将士。②无定河：黄河中游支流，因流急且深浅不定而得名。

赏析：

陈陶的《陇西行》共有四首，本诗为第二首，是唐代边塞诗中的名篇。这首诗歌颂了边关将士舍生忘死的精神，同时也反映了战争给百姓造成的苦难，抒发了诗人对阵亡将士家属的深切同情。

诗的前两句以精练概括的语言，描述了慷慨悲壮的激战场面：唐军奋勇杀敌，勇往直前，结果五千将士全部为国捐躯。首句中的"誓扫"与"不顾身"表现了唐军将士忠勇敢战的气概和献身精神。次句，诗人笔锋急转，道出了战争的结果：五千将士全部丧身"胡尘"。三、四句，诗人笔锋再转，道出主题："可怜无定河边骨，犹是春闺梦里人。"这两句没有正面描写战场上的凄惨场面，也没有直接描述将士家属的悲痛欲绝，而是别出心裁，将"河边骨"和"春闺梦"联系起来，写将士远在家乡的妻子不知丈夫已经殉国、化为白骨，夜里仍梦见与其相聚，从而产生了一种震人心魄的悲剧力量。

全诗虚实相对，用意工妙，含义深刻，感人至深，反映了唐代战乱不断带给人民的痛苦和灾难，表达出强烈的反战情绪。

秋日赴阙题潼关驿楼①

许浑

红叶晚萧萧，长亭酒一瓢②。
残云归太华③，疏雨过中条④。
树色随关迥⑤，河声入海遥⑥。
帝乡明日到⑦，犹自梦渔樵⑧。

注释：

①赴阙：即去京城。阙是宫门前的望楼，常用来象征京城。②长亭：古时供行人休息的亭子，常作饯别处，此指潼关驿楼。③太华：华山，在潼关西。④中条：中条山，亦名首阳，在潼关东北。⑤迥（jiǒng）：远。⑥河：黄河。⑦帝乡：指京城长安。⑧梦渔樵：指怀念隐居时的生活。

赏析：

　　本诗为诗人赴京求仕途中有感而作。诗中描写了诗人在潼关驿楼眺望所见山野疏朗萧索的秋日暮色，抒写了诗人虽来京求仕，但仍留恋乡居隐逸生活的心理，表现了诗人茫然的思绪和隐微的愁情。阙，宫阙，这里指都城长安。潼关，在今陕西省潼关县。

　　首联以简练的笔墨勾勒出一幅秋日行旅图。"红叶晚萧萧"，写景之中透露出一缕悲凉的意绪；"长亭酒一瓢"，叙事之中传出客子的旅途况味。本诗诗题一作《行次潼关逢魏扶东归》，这个背景可以帮助读者了解诗人为什么在长亭送别、借酒浇愁。颔联和颈联四句笔势急转，诗人大笔勾画潼关的典型风物，笔法雄浑苍茫。诗人极目远眺：南面是巍峨高峻的西岳华山；北面隔着黄河又是苍翠起伏的中条山。残云隐匿在华山山洞中，表示天将放晴；疏雨乍过中条山，空气清新。诗人以"残云归"一语来点染华山，又以"疏雨过"来形容中条山，如此一来，华山和中条山的景色就不是静景而是动景。诗人化静为动的书写，让浩渺无边的沉寂中现出了一抹灵动。接着，诗人收回目光，又望见苍茫树色随关城渐渐远去。关外便是黄河，它从北面奔涌而出，在潼关外急转直下，径向三门峡翻滚而去，呼啸着流入渤海。"河声入海"后诗人用一个"遥"字，使黄河更显气势。诗人登高远望，眼见树色苍茫，耳听波涛汹涌，感受自然真切异常。两联四句景句，如巨鳌四足，缺一不可，丝毫没有画蛇添足、臃肿累赘之嫌。

　　依常理，诗人此时距长安只剩一天路程。即将进入帝京，诗人本应对那繁华都市满怀幻想，可他却"犹自梦渔樵"——还是想念家乡的渔樵生活，令人大感意外。实际上，诗人恰恰是以这句话来含蓄委婉地表示出了他对功名利禄的淡泊以及对隐居生活的热爱。

【诗评】

五律之"红叶晚萧萧",全局俱动,为晚唐之翘秀也。
——《养一斋诗话》

利州南渡

温庭筠

澹然空水带斜晖①,曲岛苍茫接翠微②。
波上马嘶看棹去③,柳边人歇待船归。
数丛沙草群鸥散,万顷江田一鹭飞。
谁解乘舟寻范蠡④,五湖烟水独忘机⑤。

注释:

①澹然:水波荡漾的样子。②翠微:青翠的山色。③棹(zhào):指船。④范蠡:春秋楚人,曾助越灭吴。功成名就后辞官乘舟而去,泛于五湖。⑤机:机心。

赏析:

本诗是诗人在广元渡嘉陵江时有感而作。这是一首寓情于景的抒情诗,所描写的晚渡情景真切动人。诗人以朴实、清新的笔触描绘了一幅声色并茂、诗情画意的晚渡图,表达了自己打算效仿范蠡了却红尘、急流勇退、隐居山林的想法,流露出厌弃官场、无心功名的心绪。利州,唐属山南西道,治所在今四川广元,南临嘉陵江。南渡,指南渡嘉陵江。

首联总体描绘渡头景致,交代天色已晚:广阔的水面在夕阳的照射下波光粼粼;弯弯的岛屿同周围碧绿的山峦连在一起,一片云雾渺茫。一个"带"字,用得极其生动形象。颔联细致地写了江水中与江岸上的情形:船只缓缓远去,船上的马在嘶叫；江岸垂柳下，几个人边休息边等着船回来。这是何等悠然自得。颈联细腻地描写了水鸟：沙草中的鸥鸟四散而去；万顷江田之上孤单的鹭鸟在翱翔。诗人实际是以鸟喻人，字里行间饱含深意。

借前面六句对景物由远及近继而由近而远的描绘，日暮渡口浑然天成的美景被充分展示出来。末联诗人触景生情，兴起与世无争、放浪江湖的感慨：谁能理解功成名就后的范蠡为何乘船归去？面对五湖烟波浩渺的湖水，唯有他能忘掉功名利禄。诗人借范蠡助越王勾践灭掉吴后急流勇退的典故，表明自己欲脱离尘世羁绊、归隐山林的思想。

整首诗层次分明，色彩明朗，用词朴实无华，余味悠长。

【诗评】

全诗风格清丽超逸，语言闲婉秀雅，堪称温庭筠七律诗中的佼佼者。"独忘机"其实何曾能忘？感叹而已！全诗八句都从水上着眼，以有"水"字句起，以有"水"字句终，很有章法但不落俗套。

金陵图

韦 庄

江雨霏霏江草齐，六朝如梦鸟空啼①。
无情最是台城柳②，依旧烟笼十里堤。

注释：

①六朝：指建都于金陵（今南京）的三国吴、东晋、南朝宋、齐、梁、陈六个朝代。②台城：古城名，本三国吴后苑城。

赏析：

金陵为六朝建都所在，六朝更迭，如云聚云散，频繁而无常，故后人诗歌凡咏金陵者，多提及六朝，凡提及六朝者，又多抒发兴亡之感。此诗也是吟咏兴亡，所不同者，诗中重墨写柳之无情，以其见证人世变迁而无动于衷、空自繁茂来衬托人之有情，抒发诗人对于世事如梦似烟的感慨。

【诗评】

多少台城凭吊诗，总被"六朝如梦"四字说尽。
——《五代诗善鸣集》

除夜有怀

崔涂

迢递三巴路①，羁危万里身②。
乱山残雪夜，孤烛异乡人。
渐与骨肉远，转于僮仆亲。
那堪正飘泊，明日岁华新③。

注释：

①三巴：指巴郡、巴东、巴西，都在今四川东部。②危：指漂泊于三巴的艰

险之地。③岁华新：又是新的一年。

赏析：

　　本诗为怀乡之诗，诗人崔涂，字礼山，光启四年郑贻矩榜进士及第。"工诗，深造理窟，端能练动人意，写景状怀，往往宣陶肺腑。亦穷年羁旅，壮岁上巴蜀，老大游陇山。家寄江南，每多离怨之作。"（《唐才子传》）本诗写阴历年三十夜的感慨，为诗人身居异乡除夕夜怀乡之诗，系诗人客居四川时的作品。

　　诗中描写除夕夜，诗人在异乡生活的寂寞凄凉，抒发了诗人漂泊流离的辛酸和失意坎坷的愁苦以及对家乡的深切思念之情。

　　"迢递三巴路，羁危万里身"一联写游子离乡的遥远，意境高远，气象阔大，并不给人以萧瑟的感觉。"迢递""危"等用词精练、准确。

　　"乱山残雪夜，孤烛异乡人"一联写四川除夕夜的特点，诗人真切地描摹出当时当地的景色：在乱山丛中，冬尽雪残，一丝微弱的烛光，映照着孤独的异乡人。凄清的除夕夜景，将游子寂寞的情怀表现得淋漓尽致，真切感人。这一联和马戴的"落叶他乡树，寒灯独夜人"有异曲同工之妙。

　　"渐与骨肉远，转于僮仆亲"一联写游子孤身在外，骨肉亲人遥不可及，故而感到身边的童子仆人也很亲近，这种写法更真切地表现了游子思乡之情切。此句系从王维《宿郑州》"他乡绝俦侣，孤案亲僮仆"化出。这两句作为"万里身""异乡人"的深绘，更加悲恻感人。

　　"那堪正飘泊，明日岁华新"一联则写，游子寄希望于明年，祈求不再漂泊流离。此联顺理成章，真切自然。

　　全诗意境苍凉，语言清丽，含蓄隽永，抒写游子怀乡思亲之情，真挚细腻，感人至深。

【诗评】

　　读之如凉雨凄风飒然而至，此所谓真诗，正不得以晚唐概薄之。
　　　　　　　　　　　　　　　　　　　　——《载酒园诗话又编》

寄 人

张　泌

别梦依依到谢家①，小廊回合曲阑斜。
多情只有春庭月，犹为离人照落花。

注释：

①谢家：唐诗中常以萧娘、谢娘称自己所喜爱的女子。

赏析：

这是一首诗人与情人别后的寄怀诗。诗人通过对梦中景色及梦醒后宁静清幽月色的描写，寓情于景，抒写了对心上人的思念和深情。以诗代柬，来表达自己心里要说的话，这是古代常有的事。这首题为《寄人》的诗，就是用来代替一封信的。

从这首诗深情婉转的内容来看，诗人曾与一女子相爱，后来却分手了。然而诗人对她始终没有忘怀。在封建宗法社会的"礼教"阻隔下，诗人不能直截痛快地倾吐衷肠，只好借用诗的形式，曲折而又隐约地加以表达，希望她能够了解自己。这是题为《寄人》的原因。

本诗从叙述一个梦境开篇。前两句，诗人写了自己入梦之由与梦中所见之景，向对方表明自己思忆之深。"谢家"代指女子的家。大概诗人曾经在女子家中住过，或者在她家里和她见过面。曲径回廊，原本是他们当年旧游或定情的地方。所以诗人进入梦境以后，便迷迷糊糊地来到了她的家里。只见眼前的一切还和以前一模一样：院子里的小廊回环，栏杆弯曲横斜。可是，偏偏自己所思之人不见了。诗人四处寻找，依然不见她的踪影，他的梦魂便在院子里失望地徘徊着，连他自己都不知该如何走出这难堪的梦境。一个"梦"字说明此景为虚写，同时也为本诗增添了几分凄婉的色彩。"依依"二字用得极妙,将主人公那种小心翼翼又情意绵绵的情状刻画得活灵活现。

既然找不到想见的人儿,那院子里还剩下些什么呢?于是诗人在后两句写道:多情的明月依旧挂在天空,它那幽冷的清光照在地面片片落花上,反射出一片惨淡之色。明月、落花在文人渲染离情的诗句里经常可以看到,在这里,诗人将哀怨的感情寄托在明月和落花之中,暗含了诗人对心上人鱼沉雁杳的埋怨。"花"虽然已经落了,然而,天上的明月依旧多情,诗人言外之意是希望和心上人一通音信。据说,当诗人把这首诗寄给心爱的女子时,她泪流不止。

本诗创造的艺术形象鲜明准确,含蓄深厚。诗人表达了内心深沉曲折的情感,不直接抒情,却寓情于景;不需要更多的语言,一切尽在不言中。这种含蓄的写法使本诗更具有动人心弦的强大力量。

【诗评】

不知作者深爱的邻女收到此诗没有,若收到,会当圆此梦境。

贫女

秦韬玉

蓬门未识绮罗香①,拟托良媒益自伤。
谁爱风流高格调,共怜时世俭梳妆。
敢将十指夸针巧,不把双眉斗画长。
苦恨年年压金线②,为他人作嫁衣裳!

注释:

①蓬门:茅屋的门。此指贫苦之家。②压金线:指刺绣。

赏析：

这首诗历来以语意双关、含蕴丰富而为世人所传诵。诗人借一个未出嫁的贫女的独白和不幸遭遇，反映了不公平的世态人情，字里行间流露出诗人怀才不遇、寄人篱下的感恨。

首联从贫女的衣着谈起。贫女自述生在蓬门，自幼粗衣布裳，从未有绫罗绸缎沾身。寥寥七字，勾画出一位纯洁朴实的女子形象。因为家贫，她虽早已是待嫁之年，却总不见媒人来问。抛开女儿家的羞怯矜持请人去做媒吧，可是每生此念，便倍加伤感。在这一联，少女矜持而复杂的心理被诗人刻画得淋漓尽致。

颔联转向描写外面的世界，刻画流俗的世情：如今，人们竞相追求时髦的华美服装，还有谁来欣赏我这不同流俗的"俭梳妆"？

颈联转回贫女自身，写她的个性：我有一双巧手，针线活出众，敢在人前夸口；绝不迎合流俗，将眉毛画得长长的，同别人争妍斗丽。

尾联又写了贫女不幸的现实处境。这一联紧承上联中的"针巧"，贫女说自己的亲事茫然无望，却每天压线刺绣，不停地为别人做出嫁的衣裳！最后一句蕴含着广泛深刻的内涵、浓厚的生活哲理，使全诗拥有了更大的社会意义。

诗人刻画贫女形象，既没有凭借景物气氛的烘托和居室陈设的衬托，也没有在女子的相貌衣物和神态举止的描摹上着太多的笔墨，而是借她在矛盾冲突中的自白来表达她内心的苦楚和哀痛。从语言表述上来看，诗人既没有化用典故，也没有用其他艺术手法，完全是书写了女子的喃喃自语。诗中的女主人公从家庭环境谈到自己的亲事，从社会风气谈到个人的志趣，亦含蓄、亦直接，越说越陷入沉重的烦恼苦痛中，直到吐出一句"苦恨年年压金线，为他人作嫁衣裳"。这最后一声疾呼蕴含了丰富的人生哲理，使全诗具有更大的社会意义。这首诗很可能也是诗人生活的真实写照，反映了封建社会贫寒士人的愤懑和不平。

【诗评】

诗文通过写贫女的遭遇而抒发了万千久居下僚的孤高正直之士的心声，语意双关，非常富有感染力，为历来怀才不遇之士所共鸣。

杂 诗

无名氏

近寒食雨草萋萋，著麦苗风柳映堤①。
等是有家归未得②，杜鹃休向耳边啼。

注释：

①著：吹拂。②等是：同是。

赏析：

临近寒食，雨雾蒙蒙，春草萋萋，和风吹拂着青青的麦田，杨柳掩映着长长的河堤。作者于异乡雨中独行，心中满是有家而不能回的凄凉与落寞，所以当杜鹃鸟"不如归去""不如归去"地鸣唱起来的时候，引出的是他"杜鹃休向耳边啼"的牢骚。本诗写景寄情，景色柔美，情真意切。

【诗评】

"等是"二句，责怪杜鹃无情，益见有家难归之隐，意更深沉。

——《千首唐人绝句》

宋词
SONGCI

忆秦娥

李 白

箫声咽①,秦娥梦断秦楼月。秦楼月,年年柳色,灞陵伤别②。

乐游原上清秋节③,咸阳古道音尘绝④。音尘绝,西风残照,汉家陵阙。

注释:

①箫声咽:《列仙传》:"箫史者,秦穆公时人也。善吹箫,能致孔雀、白鹤于庭。穆公有女字弄玉,好之,公遂以女妻焉。日教弄玉作凤鸣,居数年,吹似凤声,凤凰来止其屋。公为作凤台,夫妇止其上,不下数年,一旦皆偕随凤凰飞去。"②灞陵:即"霸陵",因汉文帝葬于此而得名,为唐人送别之处。③乐游原:在今陕西省西安市南,是唐代的登游胜地。④咸阳古道:唐时从长安西去,咸阳为必经之地。音尘绝:音信断绝。

赏析:

箫声呜咽,扰断秦娥梦境,她醒来看到月色朦胧。

多少次月下怀想,年年的杨柳枯荣,当年与恋人在灞陵分别的情景还历历在目。只是清秋节里,乐游原的胜景如今只能自己一人前去游赏,只是自从分别,迎来送往的咸阳古道便再没有传来他的消息。

音信全无,但苦盼依旧,西风残照中,汉家陵园外,是女子独自守候的身影。

【词评】

《菩萨蛮》《忆秦娥》二词,为百代词曲之祖。
——《唐宋诸贤绝妙词选》

渔歌子

张志和

西塞山前白鹭飞①,桃花流水鳜鱼肥②。
青箬笠,绿蓑衣,斜风细雨不须归。

注释:

①西塞山:即道士矶,在湖北黄石城区东部长江南岸。②鳜(guì)鱼:俗名"花鲫鱼",亦称"桂鱼"。

赏析:

西塞山前悠闲地飞翔着几只白鹭,西塞山下桃花含笑,春江水涨,鳜鱼正肥。如果是晴天前往自可感受春之明丽,如果赶上丝丝细雨,便可戴起青箬笠,披上绿蓑衣,在斜风细雨中闲支钓竿,感受春的温柔。这首小令是渔歌,写的是渔隐之乐,轻轻数语,不但写尽春意美景,更写出作者恬和淡雅的情怀。

长相思

白居易

汴水流①,泗水流②,流到瓜洲古渡头③。吴山点点愁。
思悠悠,恨悠悠,恨到归时方始休。月明人倚楼。

注释：

①汴水：源于河南，与泗水合流后入淮河。②泗水：源于山东曲阜，至徐州与汴水合流入淮河。③瓜洲：在今江苏省扬州市南面，因形状似瓜而得名。

赏析：

此词写一位女子对于远行的爱人的思念。汴水汇入泗水后经瓜洲渡而入淮河，这大概也就是女子的丈夫出行时所走的路线。行人至今未归，女子望穿秋水，心中千般惦念万般相思结成了忧丝愁网，纠缠难解，无怪乎在她眼中那点点吴山似也知情识意地黯淡了颜色，与她一起忧愁。

她想啊，盼啊，由爱而生恨，恨丈夫的久出不归。然而这恨却是有期限的，那就是丈夫归来之时。

月明星稀的夜晚，她又如往常一样倚楼独坐，默默地在思索着些什么……

望江南

温庭筠

梳洗罢，独倚望江楼。过尽千帆皆不是，斜晖脉脉水悠悠。肠断白蘋洲。

赏析：

这是一首很有名的小令，写的是闺思。女子自清晨梳洗完毕便倚楼眺望直到夕阳西下，看千帆过尽，独不见游子的归船，心中满是伤感与失望。"斜晖脉脉水悠悠"不但写景，同时也是写倚楼人的情脉脉、思悠悠，而"肠断白蘋洲"的戛然而止，语简、情深，余意不尽。

【词评】

> 痴迷、摇荡、惊悸、惑溺，尽此二十余字。
> ——《草堂诗余别集》

菩萨蛮

韦　庄

人人尽说江南好，游人只合江南老。春水碧于天，画船听雨眠。垆边人似月①，皓腕凝霜雪。未老莫还乡，还乡须断肠。

注释：

①垆边人：卖酒的姑娘。垆：放酒坛子的土墩。

赏析：

"人人尽说江南好，游人只合江南老。"江南的美好是人人皆知的，但没有真正到过江南的人恐怕不会有如此强烈深刻的感受。碧于天的春水，听雨眠的画船，这般景致情调，已经令人流连忘返，不思归期，哪堪再被那皓腕凝雪、当垆卖酒的"垆边人"含情相视？无怪乎作者会发出"未老莫还乡，还乡须断肠"的感慨。

【词评】

词写江南景好,更写江南人妙,旨在抒发作者对它无限的爱恋,可与白居易的《忆江南》并读。

谒金门

冯延巳

风乍起①,吹皱一池春水。闲引鸳鸯香径里,手挼红杏蕊②。斗鸭阑干独倚,碧玉搔头斜坠③。终日望君君不至,举头闻鹊喜④。

注释:

①乍:忽然。②挼(ruó):揉搓。③碧玉搔头:即碧玉发簪。④闻鹊喜:古人认为闻鹊声意味着有喜事来临。

赏析:

忽然到来的一阵和风,不但吹得一池春水波光粼粼,更让一位思妇的心中荡起了波澜。春光正好,她时而于花径之上闲引鸳鸯,时而百无聊赖地揉搓红杏花蕊,时而闲倚着栏杆看鸭儿争斗,出神得连碧玉发簪斜坠到鬓边也没有意识到。是鸭儿争斗使女子聚精会神地观赏而忘了自己吗?是孤独的愁思让她走了神,她正为"终日望君君不至"而愁苦和悒悒着。

深锁的庭院,隔绝了尘世,却将思念之情浓缩。当几声喜鹊的喧闹传入女子耳中,她抬起头来,满脸都是对郎君归来的喜讯的渴盼。

鹊踏枝

冯延巳

谁道闲情抛掷久?每到春来,惆怅还依旧。日日花前常病酒①,不辞镜里朱颜瘦。

河畔青芜堤上柳②,为问新愁,何事年年有?独立小桥风满袖,平林新月人归后。

注释:

①病酒:因常醉酒而病。②芜(wú):小草。

赏析:

谁说闲情被抛弃了很久,作者说,每到春来,他还是惆怅依旧。作者的闲情缘于惜春,他面对鲜花而心忧明媚春光转瞬即逝,所以日日病酒遣怀,不辞镜里容颜日渐消瘦。

漫步在堤岸,看到河畔草青青,堤上柳依依,作者问起为何新愁如青草、绿柳一样春来即长,年年不尽。他独立小桥,任凉风鼓荡衣袖,直到新月从平齐的树林间升起,直到行人尽归,月明林静。

【词评】

词虽然从春愁写起,但文行至结尾处,其中所蕴含的伤感情绪却要广义得多。表达个性鲜明的感情意境,是冯词特点,影响到北宋晏殊、欧阳修等人。

摊破浣溪沙

李璟

手卷真珠上玉钩,依前春恨锁重楼。风里落花谁是主?思悠悠。
青鸟不传云外信,丁香空结雨中愁。回首绿波三楚暮,接天流。

赏析:

　　轻卷珠帘,闲挂玉钩,年年依旧的春恨笼罩着重重阁楼;风起花落,落花有谁为之做主,词人思绪悠悠,总盼青鸟能带来云外的慰抚,但唯有雨中的结子丁香,伴他一同凝愁。情深无奈,词人怅然回望,充然在目的是将尽的春色,还有一波绿水流向暮色苍茫的天边,便似他弥漫于无际的脉脉忧愁。

【词评】

　　　　全词情景融为一体,气象雄伟,意境深沉委婉,留有余韵,称词中之神品,不为过誉。

——《唐宋词赏析》

虞美人

李 煜

春花秋月何时了，往事知多少？小楼昨夜又东风，故国不堪回首月明中。

雕栏玉砌应犹在①，只是朱颜改。问君能有几多愁？恰似一江春水向东流。

注释：

①砌：台阶。

赏析：

春花秋月本是世间美好的景物，然而李后主却发出了"何时了"的感慨，因为春花秋月会引他想起那风流旖旎的过往。只是时移世变，如今身为臣虏，过往因而变得那样不堪回首。

欲思不忍，不思却不能，后主想到了故国的宫殿，想着那雕花的栏杆，白玉的台阶应还在，不禁叹息红润的容颜却已更改。他自问心中到底有多少忧愁，怅然自答："那便似一江春水向东流。"

【词评】

尼采谓："一切文学，余爱以血书者。"后主之词，真所谓以血书者也。

——《人间词话》

相见欢

李 煜

无言独上西楼，月如钩。寂寞梧桐深院锁清秋。
剪不断，理还乱，是离愁。别是一般滋味在心头。

赏析：

全词蕴含着无限的愁苦情绪，字里行间都能感受到作者深深的落寞与惆怅。他清楚地知道，所有的这些痛苦，都起因于他心中缱绻不去的阵阵"离愁"。这离愁，是告别故国时说不尽的悲痛与悔恨；这离愁，是面对官人相送时满面的泪水和愧疚；这离愁，是沦为臣虏后对往事的欲思不忍、罢思不能；这离愁，像千万条没有头没有尾的丝织成的网笼罩在心头，剪不断，理还乱，正所谓"别是一般滋味"，让作者无从解脱，苦不堪言。

【词评】

此词最凄婉，所谓"亡国之音哀以思"。

——《唐宋诸贤绝妙词选》

浪淘沙

李 煜

帘外雨潺潺①,春意阑珊②,罗衾不耐五更寒。梦里不知身是客,一晌贪欢③。

独自莫凭栏,无限江山。别时容易见时难。流水落花春去也,天上人间。

注释:

①潺(chán)潺:雨水声。②阑珊:残,将尽。③一晌(shǎng):片刻,一会儿。

赏析:

帘外雨声潺潺,听雨声便可晓得,春天将过。

五更梦断,是因为罗被难以抵挡破晓前的寒气,作者因寒冷而醒,醒来回想梦境,深叹梦中可以忘掉现实的残酷,享受须臾的欢乐。

他继而警醒自己:独自不要凭栏怀远吧,那南国的无限江山是别时容易见时难。悠悠过往真如水流花落春去,离开故土以后,人生从此由天上变成人间。

破阵子

李 煜

　　四十年来家国①,三千里地山河。凤阁龙楼连霄汉,玉树琼枝作烟萝。几曾识干戈②?

　　一旦归为臣虏,沈腰潘鬓消磨③。最是仓皇辞庙日④,教坊犹奏别离歌⑤。垂泪对宫娥。

注释:

①四十年句:南唐始祖建国到最后为宋所灭,历三朝共三十八年。②干戈:指战争。③沈腰:《南史·沈约传》记载,沈约怀才不遇,曾写信给好友说自己因病消瘦,以至于要收束腰带。后人因以形容人憔悴消瘦。潘鬓:晋潘岳《秋兴赋》序中云:"余春秋三十有二,始见二毛。"后人因以形容人的鬓发斑白。④辞庙:辞别宗庙。指离开南唐祖业,被押赴宋廷。⑤教坊:古时宫廷中管理音乐的官署。

赏析:

　　作者以阶下囚的身份对亡国往事作痛定思痛之想,自然不胜感慨系之。四十年来家国基业,三千里地的秀美河山,耸入云霄的凤阁龙楼,玉树琼枝般的奇花佳木,看惯了歌舞升平的后主何曾识得干戈。

　　只是一朝成为臣虏,他的精神与肉体都备感折磨。最让他失魂落魄的记忆是那辞别宗庙、肉袒北上的日子,旧臣都已风流云散,只剩教坊之人仍前来为他奏起别离悲歌,后主千言万语终作无声泪水,他垂泪对宫娥。

【词评】

吴梅的《词学通论》中说:"二主词,中主能哀而不伤,后主则近于伤矣。然其用赋体不用比兴,后人亦无能学者也。"说出了李煜词直抒胸臆的特点。

长相思

林　逋

吴山青,越山青,两岸青山相送迎。谁知离别情?
君泪盈,妾泪盈,罗带同心结未成①。江头潮已平。

注释:

①罗带句:古时女子常将罗带打成心形的结,送给自己的爱人以示永不分离之愿,此句是说同心结未打成,爱人就要离去了。

赏析:

处在钱塘江两岸的吴山、越山,自古以来便见惯了人间的迎来送往;山色青翠,不曾因为人间的儿女情长而动容。然而在此分别的人们,常常是怀着缠绵悱恻的心情,忍受着肝肠寸断的痛楚,这滋味,从词中女子"谁知别离情"的反问中不难体会。

分别的时刻,他泪眼盈盈,她也泪眼盈盈,两人虽然情投意合,但却避免不了这一场分别。当潮水涨到和堤岸齐平,他终于要乘船远去,在这"江头潮已平"的结语中,蕴含的是难言的不舍与伤情。

【词评】

　　林处士梅妻鹤子，可称千古高风矣。乃其借别词如"吴山青，越山青"一阕，何等风致。

——《金粟词话》

苏幕遮

范仲淹

　　碧云天，黄叶地，秋色连波，波上寒烟翠。山映斜阳天接水，芳草无情，更在斜阳外。

　　黯乡魂，追旅思，夜夜除非，好梦留人睡。明月楼高休独倚。酒入愁肠，化作相思泪。

赏析：

　　这是词人秋日旅途思乡之作。词以绚丽多彩的笔墨描绘了碧云、黄叶、翠烟、斜阳、水天相接的江野的辽阔苍茫景色，词人触景伤怀，抒写夜不能寐、高楼独倚、借酒浇愁、怀念家园故里的深情。

　　上片着重写景，词以"碧云天，黄叶地"开篇，展开一幅天高气爽、黄叶满地的苍莽秋景图。"秋色连波，波上寒烟翠"写在广袤无垠的天地中浓郁的秋色和绵邈秋波：萧瑟秋色与江中水波的相连，苍翠的寒烟弥漫在江波之上。这秋日特有的景象，渲染出悲秋的情绪。"山映斜阳天接水"，一抹斜阳映照群山，天连着水，接下来两句由眼中实景转为意中虚景：凄凄连绵的"无情芳草"蔓延无边。此情此景，怎能不惹人伤感？

　　下片抒情，"黯乡魂，追旅思"是相思愁苦的原因所在，只因词人离乡背井，故"夜夜除非，好梦留人睡"，除非是夜夜都做好梦，在好梦中才能得片刻安睡。此处词人运用反衬的手法，意为除去酣梦，日日为相思所困扰。"明月楼

150

高"不敢登,劝告自己"休独倚",怕登楼远眺,勾起思念。明月圆圆,反衬孤独与怅惘,他只有频频地将苦酒灌入愁肠,但却杯杯都"化作相思泪",怀乡之情和羁旅之思萦绕心头,挥之不去。

此词的意境开阔,气势宏大,但又柔情似水,细腻感人,而又不失沉雄清刚之气,不愧为宋词中的名篇。

【词评】

> 这首词黄升《花庵诗选》题作"别恨"。张惠言《茗柯词选》说:"此去国之情。"黄蓼园《蓼园词选》说:"文正当宋仁宗之时,扬厉中外,身肩一国之安危。虽其时不无小人(他认为芳草喻小人),究系隆盛之日,而文正乃忧愁若此,此其所以先天下之忧而忧矣。"我们所见的是思乡深愁、阔远意境和绚丽秋景自然融为一体的北宋词佳作。

渔家傲

范仲淹

塞下秋来风景异,衡阳雁去无留意①。四面边声连角起②。千嶂里③,长烟落日孤城闭。

浊酒一杯家万里,燕然未勒归无计④。羌管悠悠霜满地。人不寐,将军白发征夫泪。

注释:

①衡阳雁去:古人认为大雁南飞至衡阳而止。②边声:边境上的马嘶、风号等声音。角:军中号角。③嶂:形容高险如屏障的山峦。④燕然未勒:意谓外患未平。燕然:东汉窦宪大破北匈奴后,曾登燕然山(蒙古杭爱山)刻石纪功。勒:刻。

赏析：

这首词作于仁宗康定元年（1040年）至庆历三年（1043年）间，当时词人正在西北边塞的军中任职。

词的上半部分着重写景，景中有情。上片写塞北风光，词人通过"风景异""衡阳雁去""四面边声""千嶂""长烟落日"以及"孤城"等一系列意象的连缀勾勒出一幅当地独有的戍边图。塞北秋寒，荒芜萧索，边声连角，雁到不息，可见此地的条件是何等艰苦。词的下半部分着重抒情，沉重的乡愁，付与一杯浊酒；满腔的离恨，化作羌音悠悠。夜深人静的时候，呜咽的羌音、满地的寒霜让人心生凄凉和哀愁。主人公不能入眠，想到这些将士的心理：既想固守边塞，杀敌报国，又受乡情萦绕，挥之不去。此处暗含着词人对统治者治国政策的质疑，同时也流露出其渴望保家卫国、战场杀敌的爱国豪情。

雨霖铃

柳　永

寒蝉凄切。对长亭晚，骤雨初歇。都门帐饮无绪①，留恋处、兰舟催发。执手相看泪眼，竟无语凝噎②。念去去、千里烟波，暮霭沉沉楚天阔。

多情自古伤离别，更那堪、冷落清秋节！今宵酒醒何处？杨柳岸、晓风残月。此去经年③，应是良辰好景虚设。便纵有千种风情，更与何人说？

注释：

①都门帐饮：意谓于京城郊外搭帐设宴饯别。②凝噎（yē）：形容喉咙里像塞了东西，说不出话来。③经年：年复一年。

赏析：

这首词作为柳永同时也是宋朝婉约词派的代表作，真切再现了情人别离时恋恋不舍、缠绵哀怨的情景，至今仍被人们反复咏唱。

上片细腻地刻画了情人诀别的场景，抒发离情别绪。一开篇，词人便用"寒蝉凄切，对长亭晚，骤雨初歇"三句点明了送别时的环境：凄清阴冷的深秋，雨后黄昏，京城外的长亭边。夜幕苍茫，大雨初停，晚蝉哀鸣，凡所见闻，处处悲凉。"都门"以下五句，顿挫有致，回环往复，把读者的同情之心都勾动起来，与词人同悲伤、同啜泣。此刻烦乱的心绪，只能用"剪不断，理还乱"来描摹了。面对即将到来的别离，珍馐美食也失去了滋味，可见两人感情之深。然而，两人正难舍难分，却无奈"兰舟催发"。此句将词人不忍离去、恋恋不舍，却又不能不离去的无奈和现实的不如人意、残酷无情表达了出来，言简而意丰。"执手"二句又进一步描摹出当时的痛苦。两人

153

手牵手，久久相望，千言万语，已经不知该从何说起。"念去去"三句，则似奔腾的江流一泻千里一样，直抒胸臆，爽快干脆。"念"字作领，设想别后道路多么遥远。"去去"二字用得极妙，远行之人不愿走，却不得不走，想想到时越走越远，眼前只剩"千里烟波，暮霭沉沉楚天阔"的情景，就让人感到无比凄楚。虽然从表面上看，浩渺的烟波、沉沉的暮霭、辽阔的天空，都是在写景，但实际上，这些景物无不包含着浓浓的愁绪，暗示远行之人前途渺茫，一对恋人相见遥遥无期。通过这两句的承接，很自然便由上片的实写转到下片的虚写。

　　下片中，词人着重摹写想象中别后的凄楚情状。一开头，词人并没有着急设想别后的情景，而是宕开一笔，说"多情自古伤离别"，通过"自古"二字，把目前自己的个别情况提升为一个广泛现象。而"更那堪、冷落清秋节"，又从普遍现象回归到自己的个别情况，强调自己与别人相比，承受了更多的痛苦。江淹的《别赋》中有"黯然销魂者唯别而已矣"之句，而本词词人正是把这种感受糅进自己的作品中，并为之赋予新意，使这种别情更"黯然销魂"。"今宵"三句接着前面的设想，进一步想象别后的孤独凄凉。远行之人独自饮酒、醉酒，酒醒后看到了"杨柳""残月"，感受到了"晓风"。而这几处"景"却个个都表达了词人的"情"，即所谓的"用景写情""景语即情语"。明写杨柳依依，实则通过"柳"与"留"之谐音，暗写别时依依不舍之情；明写"晓风"，实则通过写其清冷萧索，暗写别后的孤独寒心；明写"残月"，实则通过写其破碎，暗写与恋人难以相见。通过景语写情，词作显得更加含蓄，别后之人孤独、忧伤、惆怅的心绪，也被表现得更加形象、真实，从而产生了一种独特的意境。正因如此，此句也成为千古传诵的名句。"此去"二句继续对别后的情况进行设想，想象自己孤身一人，纵使有良辰好景，对于自己来说也是形同虚设。心中的痛苦又被加深了。最后两句顺着上面的设想继续深入，感叹就算有万种风情，也由于后会无期而不知向谁诉说，从而把离情艺术地推向高潮。

　　这首词遣词造句不着一丝痕迹，绘景直白自然，场面栩栩如生，起承转合优雅从容，情景交融，蕴藉深沉；笔下的各种景物莫不含情，把一腔离愁铺满天地古今，而又不失于做作。若此者，柳屯田之外，词坛又有几人！

望海潮

柳 永

东南形胜①,三吴都会②,钱塘自古繁华。烟柳画桥,风帘翠幕,参差十万人家。云树绕堤沙,怒涛卷霜雪,天堑无涯③。市列珠玑④,户盈罗绮⑤,竞豪奢。

重湖叠巘清嘉⑥,有三秋桂子,十里荷花。羌管弄晴,菱歌泛夜⑦,嬉嬉钓叟莲娃。千骑拥高牙⑧,乘醉听箫鼓,吟赏烟霞。异日图将好景⑨,归去凤池夸⑩。

注释:

①形胜:形势重要,交通便利。②三吴:此处泛指江浙的广大地区。③天堑:天然的险阻。此处指钱塘江。④珠玑(jī):珠宝。⑤罗绮:绫罗绸缎。⑥重湖:北宋时西湖已有里湖、外湖之分,故云。叠巘(yǎn):层叠的山峦。⑦菱歌:采菱女子们欢唱的歌曲。⑧高牙:本指军前大旗,此处指高官的仪仗旗帜。⑨异日:他日。图:描绘。⑩凤池:凤凰池,此处指代朝廷。

赏析:

既是东南地区的交通枢纽,又是三吴等地的重要都市,杭州自古以来便以繁华闻名。那轻烟笼罩的杨柳,美丽精致的画桥,各式各样的竹帘翠幕,参差错落在十万人家之间。你还能看到望之如云的树木环抱着沙堤,澎湃似怒的海潮卷起白浪,以及壮美钱塘江的无边无涯。如果走在街市,炫目的是处处的珠光宝气、锦缎光华。

谈到秀美多姿,那就一定要说说杭州的重湖群山。你可以于秋季向山中寻桂子,可以在夏季观览湖中的十里荷花;坐在西湖岸边,可以晴天听羌管,夜来听菱歌，喜看湖中的渔翁和采莲姑娘。如果有幸跟随将军的盛大仪仗出游，则可以乘醉听箫鼓，吟赏烟霞。

作者赞叹杭州的富庶美丽，他不但以文记述，更要以画描摹，以便他日前往京城时，好向同僚夸。

天仙子

张　先

时为嘉禾小倅，以病眠不赴府会。

水调数声持酒听①，午醉醒来愁未醒。送春春去几时回？临晚镜，伤流景②，往事后期空记省③。

沙上并禽池上暝④，云破月来花弄影。重重帘幕密遮灯，风不定，人初静，明日落红应满径。

注释：

①水调：曲调名，相传为隋炀帝所制。②流景：流逝的时光。③记省（xǐng）：思念和省悟。④并禽：双宿双飞的鸟儿。暝（míng）：日暮。

赏析：

此篇为暮春伤怀之作，是张先脍炙人口的名篇之一。词中描写词人醉酒浇愁，为春光流逝、往事成空、后会无期而感伤。

上片主要写词人的思想活动，颇具平淡之趣。前两句写词人原本想借听调喝酒排遣心中的愁闷，但结果却是"午醉醒来愁未醒"，醉意虽然消除了，但心中的愁却没有减去一分。于是，词人不由得发出慨叹："送春春去几时回？"此句中有两个"春"字，然意思不尽相同，前一个"春"字指季节，即指大好春光；下一个

"春"字指时光，"春去"既表达了词人对年华易逝的感伤之情，还蕴含着对年少青春时光的追忆和惋惜之情。这就照应了下文的"往事后期空记省"。"临晚镜，伤流景"是反用杜牧诗句："自悲临晓镜，谁与惜流年？"以"晚"易"晓"，主要在于写实。杜牧原诗是写女子早晨梳妆，感叹时光易逝，因而用的是"临晓镜"；而本词中将"晓"改为"晚"，是因为词人午醉之后，又休息半晌，此刻已接近黄昏，一直躺着却仍然不能消愁解忧，于是起来"临晚镜"。这个"晚"字用得极妙，可谓一语双关，既表明了天色已晚，又隐指自己已到晚年。"伤流景"三个字进一步补充，更加明确地表达出了词人对时光易逝、青春不再、人到晚年的感伤。"往事后期空记省"一句中的"后期"其实本为"悠悠"。而词人最终之所以选用了稍嫌朴拙的"后期"，而未采用看起来更加空灵、更加传神的"悠悠"，是因为相比而言，"后期"与前面提到的"愁""伤"等词联系得更紧密些。"后期"一词，既暗含往事已经如过眼云烟一样逝去，一去不复返，又流露出因错失机缘而耽误期约的后悔之情。但是后悔也无济于事，只能"空记省"，以追忆往事。然而，即使回忆往事的一些美好片断，也并不能从中得到些许安慰，反而会平添更多的烦恼。正因如此，词人想到即便纵情于美酒和歌舞之中，也不能消除自己的愁闷，所以索性连盛大的宴会也干脆不去参加了。

　　下片写动态之景，极有空灵之美。由于没有去参加盛大的宴会，所以夜幕降临的时候，词人便独自到小园中散步，希望以此来排遣一整天都郁积在心中的苦闷。"沙上并禽池上暝"，词人在夜幕中看到了这样温馨的景色，遗憾的是，夜空中本来应该有月亮的，而此时的夜空中却只有浓云，毫无月色。词人只好带着遗憾准备回住处。没想到，正在这时，"云破月来花弄影"，一阵风吹开了浓云，露出了藏在云里的月亮。同时，花儿也被风吹动，在明亮的月光下婆娑弄影。看到此情此景，词人孤寂的心情才感到了一丝丝欣慰。通过此句，词人不仅表达了自己忧伤中略带欣慰的复杂心情，更让读者从中体会到了一丝喜悦，看到了一幅美景。接下来，词人写到"重重帘幕密遮灯"，因为外面有风，词人生怕大风将屋里的灯焰吹灭，于是进了屋后赶紧把帘幕拉起来，遮住灯焰。但是，风越来越大，帘幕已经不能很好地遮挡灯焰了，此时灯焰在不停地闪动。一句"人初静"，既表现出夜深人静之时，风势愈加迅猛的情境，又与上片提到的"不赴府会"相照应。"明日落红应满径"一句，是说刚刚还在月光中婆娑弄影的花朵，经过这一夜春风的摧残，一定会落红满径。其中既蕴含着词人对春天逝去的感伤，又有对自己已经迟暮的叹惋，还有对自己赏春偶得佳景的欣喜。

　　本词字句凝练，体现了张词的艺术特色。尤其是词中"云破月来花弄影"一句，描绘出了一幅绝美的图画，实为神来之笔。

【词评】

"临晚镜,伤流景"中多有细数沧桑的感慨,"往事后期空记省"中多含怅然若失之情怀。

千秋岁

张　先

数声鶗鴂①,又报芳菲歇②。惜春更把残红折。雨轻风色暴,梅子青时节。永丰柳③,无人尽日飞花雪。

莫把幺弦拨④,怨极弦能说。天不老,情难绝。心似双丝网,中有千千结。夜过也,东窗未白凝残月。

注释:

①鶗(tí)鴂(jué):亦作"鹈鴂",即杜鹃。②芳菲歇:意谓春日已过,又是花儿凋谢的时候。③永丰柳:唐时洛阳永丰坊西南角荒园中有垂柳一株被冷落,白居易赋《杨柳枝词》以喻家妓小蛮。后传入乐府。后因以"永丰柳"泛指园柳,比喻孤寂无靠的女子。④幺弦:琵琶的第四弦,音细。此处指代琴弦。

赏析:

此词抒写惜春、相思情怀,是一首抒写悲欢离合之情的曲折幽怨词。词人以女子的口气写就,表达了其对爱情忠贞不二的坚定信念。

词的上片以景烘托情,描绘风雨摧折芳菲的残春景色,以杜鹃幽啭、柳絮飞雪渲染暮春的凄凉气氛,抒写词人对美好春日的眷恋珍惜和对摧残春花的风雨的怨愤。惜春即是惜人,风雨摧残春花即是比喻爱情横遭摧残的沉痛之情。词人以鸣声悲切的开篇,昭告美好的春光又逝去了,此情此景勾起了人们的惜春之情,故"惜春更把残红折"，此处的"残红"象征遭破坏但又坚贞的爱情。下面两句"雨轻风色暴，梅子青时节"是上片的词眼，一语双关，写时令与景物，暗喻爱情受阻遭破坏，因而"无人尽日飞花雪"。爱情如柳絮一般逝去了，词人怎能不悲伤？

词的下片描写了词人对分离的恋人的深情相思，"莫把幺弦拨，怨极弦能说"，幺弦为琵琶的第四弦，怨极，才能倾诉出不平的最强音。在这极怨的气氛的烘托下，词人表明其反抗的决心："天不老，情难绝。"此处化用李贺"天若有情天亦老"的诗句，然诗意不尽相同，这里强调天不会老，爱情也不会有断绝的时候。这样的爱情"心似双丝网，中有千千结"，千万个结把彼此结结实实地系住了，谁想破坏它都是徒劳的，表达了对恋人的爱恋永不会灭绝的坚定信念。情思未了，却已"夜过也"，东方未白，摇曳的残灯也要熄灭了，全词到此结束，言尽而味永。

全词借景喻情，含蓄深婉，情味隽永，又激越真切，别有风致，兼有婉约与豪放的风致与妙处。"心似双丝网，中有千千结"是本词的名句，亦是宋词中流传千古、经久不衰的名句。

【词评】

> 不愿拨起幺弦，因为拨之无益，只会徒增伤感。"天不老"四句，如杜鹃啼血，倾诉对爱情的执着。"夜过也"两句，极见作者的孤寂忧苦。

浣溪沙

晏 殊

一曲新词酒一杯,去年天气旧亭台。夕阳西下几时回?
无可奈何花落去,似曾相识燕归来。小园香径独徘徊。

赏析:

本篇为暮春伤怀之作,是晏殊最为著名的词作之一。本词描写词人因傍晚饮酒听曲引起对往事的回忆,慨叹时光流逝物是人非,惋惜春光美景不能常驻。词中表露出对美好事物消逝的深深惆怅感伤,蕴含了珍视人生的哲理。

词以"一曲新词酒一杯"开篇,写对酒听歌的境况,这潇洒安闲的状态不由得勾起"去年天气旧亭台"的回忆:去年是和今年一样的天气,还是这座"旧亭台",一样的清歌美酒,但在这一切表象下,有些东西分明已不知不觉发生了变化。岁月悠悠流逝了,世事亦改变了,想到这些,词人不禁发出感叹:"夕阳西下几时回?"此句不仅仅是即景兴感,仅限眼前情景,还扩展到整个人生,包含对逝去时光的留恋,对美好事物难以重现的失望。夕阳西下,无法阻止,但却有再东升的时候,可流逝的时光、过去的人和事,却再也追寻不来了。词人哲理性的沉思,为本词罩上了哀伤的情调。

"无可奈何花落去,似曾相识燕归来"一联自然工丽,风韵天然,被誉为"奇偶"。这也是本词出名的原因。这一联蕴含的意境同样忧伤:花落春逝,同样是不可抗拒的自然规律,任凭怎样惋惜流连也"无可奈何",承接上文的"夕阳西下";但在这暮春季节中,同样还有让人欣慰的景象:那翩翩飞回的燕子不就是去年的相识吗?恰呼应上文的"几时回"。虽然花落、燕归都是眼前景,但"无可奈何""似曾相识"却扩大了它们的内涵,使它们成为美好事物的象征。这些惋惜和欣慰交织在一起,说明某种人生哲理:虽有一些美好的事物必然会逝去并且我们无法阻止,但同时还有一些美好的事物仍会再现,生活不会变成虚无。只是那些重现不会原封不动地令美好的事物回归,不过"似曾相识"而已。"小园香径独徘徊"转回写景,词人以此结尾,含蓄而意味深长。

全词语言通俗晓畅,情中有思,笔调婉雅,语意蕴藉含蓄,耐人寻味,是宋词中脍炙人口、广为传诵的名篇。

【词评】

什么都可以得到,但得不到时光倒流,此词抒写年华流逝而引发的闲愁,清新秀雅,纯粹天然,却给人永恒的哲理启示。

蝶恋花

晏 殊

槛菊愁烟兰泣露①,罗幕轻寒②,燕子双飞去。明月不谙离恨苦③,斜光到晓穿朱户。

昨夜西风凋碧树,独上高楼,望尽天涯路。欲寄彩笺兼尺素④,山长水阔知何处!

注释:

①槛菊:栏杆旁的菊花。②罗幕:丝罗做的帷幕,此指屋内。③谙:知晓。④彩笺兼尺素:指书信、题诗。

赏析:

此词为一首伤离怀远之作,词人以疏淡的笔墨、温婉的格调、谨严的章法,传达出暮秋怀人之情。

上片描写的是苑中景物,是词人清晨所见。"槛菊愁烟兰泣露"写秋晨的菊花和兰花,在词人看来,菊花笼罩着一层愁惨的烟雾,兰花上的露珠好像是它饮泣的泪珠,这一亦真亦幻的场景,透露出词人悲凉、迷离而又孤寂的心境。"罗幕轻寒,燕子双飞去"写清晨燕子穿过帘幕飞出去的情景,表面上写燕子因罗幕轻寒而飞走,实则是词人感情的写照。接下来两句借明月烘托愁苦,词人责怪"明月不谙离恨苦",其实是嫉妒月光的皎洁,反衬出自己的悲凉。

下片写登楼望远,"昨夜西风凋碧树"写西风之凛冽,吹落绿树,为固有的凄楚气氛平添出几分落寞与萧瑟;"独上高楼"明写孤独,而"望尽"极言眺望之远,也反映出其凝神已久,但"望尽天涯路",仍看不见所思念之人;"欲寄彩笺兼尺素"写词人想寄书传情,但却不知邮寄何处,词人以无可奈何的问句结尾,言犹未尽,让人顿生情也悠悠、恨也悠悠之感。词的下片于广远之中蕴含愁苦,西风、路远、山长、水阔,这一切景物都充满了凄楚、冷寂、荒远的气氛,很好地表达了离愁别恨的主题。

【词评】

> 这首词情致深远,意境寥廓,写尽对恋人的追寻思念之情,受到词家普遍赞赏,王国维更以"昨夜西风"三句形容成就大学问大事业的第一境界。

木兰花

宋 祁

东城渐觉风光好,縠皱波纹迎客棹①。绿杨烟外晓寒轻,红杏枝头春意闹。

浮生长恨欢娱少,肯爱千金轻一笑②?为君持酒劝斜阳,且向花间留晚照。

注释：

①縠（hú）皱：形容水波纹如绉纱一样褶皱。②肯：怎肯。

赏析：

本篇为词人代表作，亦为宋词名篇，是当时誉满词坛的佳作。词中描绘了早春绚丽多彩的风光，抒写词人伤逝嗟老的情绪和今朝有酒今朝醉、及时行乐的思想。

上片从游湖写起，讴歌春色，词人在想象中勾勒出了一幅春意盎然的美丽图画：荡漾在波光粼粼的小溪上，悠哉游哉，目之所见都是清新的绿色，沁人心脾。"縠皱"句将水波拟人化，赋予了水波以无尽的灵性，仿佛是它们面带微笑，款款迎接游人。"绿杨烟外晓寒轻"把远处杨柳如烟、似梦似幻的美景勾勒得栩栩如生，描绘了清晨寒气淡淡、空气清新的美景。"红杏"句则通过对盛开着的杏花的着力描绘，渲染出浓浓的春意。词人极力渲染对春天的喜爱之情，可谓言在此而意在彼，他真正的目的是为下片伤春的情绪做铺垫。

下片笔锋一转，由表达对春天的赞美之情转而描写自己对人生苦短的感叹：既然人生在世匆匆数十载，忧患总是多于欢乐，何不潇潇洒洒地做一个享乐者呢？于是引出了"为君持酒劝斜阳，且向花间留晚照"两句，抒写词人举杯挽留夕阳，希望它能在花丛间多停留一段时间，以使自己和同游的伙伴得以尽兴，不留遗憾。词人以此作结，表达了自己对美好春光即将逝去的留恋之情。

在语言风格上，整首词言辞优美，风格新颖，别具一格，韵味十足；在构思上，结构严谨，疏放自如，对仗工整，辞藻虽华美但不俗艳，情感虽缠绵但不轻浮，而珍惜美好时光、不要荒废人生等主题思想也被表达得清晰明了，着实精巧。

此外最值得一提的是，本词有一句千古名句"红杏枝头春意闹"，王国维称其"着一'闹'字而境界全出"。它把视觉和听觉完美地结合在一起，化视觉为听觉，表现了姹紫嫣红、蜂蝶争喧的生意盎然的春色，极为动人。尤其是一个"闹"字，更是把杏花争艳斗丽的神态描绘得栩栩如生，淋漓尽致，也将词人自己对春天的喜爱之情渲染到了极致，其境界之高令人赞叹，词人也因此获得了"红杏尚书"的雅号。

【词评】

宋祁因此词而得名"红杏尚书"。人生在世,乐少忧多,此是珍惜生命之词,不是伤心之词。

踏莎行

欧阳修

候馆梅残①,溪桥柳细。草薰风暖摇征辔②。离愁渐远渐无穷,迢迢不断如春水。

寸寸柔肠,盈盈粉泪。楼高莫近危阑倚③。平芜尽处是春山④,行人更在春山外。

注释:

①候馆:驿馆。②摇征辔(pèi):指策马远行。③危阑:高楼上的栏杆。④平芜:绵延不断、向远方伸展的草地。

赏析:

本篇抒写远别离愁。

上片写远行人在春日离家后随着行程的渐远,愁也越来越重,越强烈。"候馆梅残,溪桥柳细。草薰风暖摇征辔"是远行人途中所见之景,"梅残""柳细""草薰"等词渲染出悲情气氛;"离愁渐远渐无穷,迢迢不断如春水"写离家日渐遥远触发离愁,词人以春水迢迢比喻离愁的绵绵不断,真切生动,真实而自然地表现了其望归的愁情。

下片则从闺人着眼,悬想闺中人思念远行人的情态,表现闺中人相思的痛苦。"寸寸柔肠,盈盈粉泪",寸寸柔肠痛断,行行盈淌粉泪,两对句、八字即写出闺中人的缠绵深切的相思之情。接下一句"楼高莫近危阑倚",不要登高楼望远把栏杆凭倚,既是远行人对闺中人的深情的嘱托,又表现了闺中人倚楼望远而又不见所思之人的情景。"平芜尽处是春山,行人更在春山外"是补充说明上句,即使登楼也枉然,因为什么都看不见,你远眺到的只是平坦的、一望无际的草地,原野尽头是重重青山,而你思念之人还在那重重春山之外,早已渺不可寻。即使望断春山也是徒然,更见闺中人的失望和感伤。此二句既刻画出闺中人的神态,又揭示出其内心深处悠远缠绵的情思,为宋词中的名句。今人唐圭璋《唐宋词简释》赞曰:"平芜已远,春山则更远矣,而行人又在春山之外,则人去之远,不能目睹,惟存想象而已。写来极柔极厚。"明王世贞《艺苑卮言》说:"此淡语之有情者也。"

全词委婉缠绵,别具一格,词人将游子思乡之情与闺中人的思念融合在一起,写出两地互为相思的情思,可谓新颖生动。虽为常见的离情别绪的题材,但词人所运用的奇妙手法,使本词跳出俗套,读来清新雅致,令人神往。整首词意境优美,融情于景,情寓景中,表现了欧词深婉的风格,是其最具代表性的词作之一。

【词评】

> "平芜尽处是春山,行人更在春山外。"又:"郴江幸自绕郴山,为谁流下潇湘去。"此淡语之有情者也。
> ——《艺苑卮言》

浪淘沙

欧阳修

把酒祝东风,且共从容①。垂杨紫陌洛城东②,总是当时携手处,游遍芳丛。

聚散苦匆匆,此恨无穷。今年花胜去年红,可惜明年花更好,知与谁同?

注释：

①且共从容：意谓暂且一起悠闲一刻，不要急于离去。②紫陌：指京城郊外的道路。

赏析：

此词作于明道元年（1032年）春，当时词人偕同友人梅尧臣旧地重游洛阳城，实为有感而作。本篇为一首惜春的小词，词人写旧地重聚，借赏花抒怀。

上片描写了词人昔日在洛阳与友人欢聚郊游的情景，表现了词人纵情游赏的潇洒自在，借景抒情，深化了词的意境，使感情愈加真挚。开头两句诗源自晚唐诗人司空图的《酒泉子》"黄昏把酒祝东风，且从容"，词人加添了一"共"字，便添了新意。"共从容"是针对人与风而言，词人希望能留住东风，留住光景，可以继续游赏，更希望人们能够慢慢游赏，尽兴而归。"洛城东"点明游赏的地点，即洛阳城东的公园。由"垂杨""东风"几句，将暖风吹拂、翠柳飞舞、气候宜人的迷人景色展现在读者面前，此时正是游赏的好时候，此地正是观光的好去处。末两句抒情感叹，这些就是昔日携手同游过的地方，今天又全部重游了一次。"芳丛"点明此次郊游的主要目的为赏花。

下片词人慨叹了人世无常、聚散匆匆，抒写了其惆怅失落的感伤之情。前两句即发出深深的感叹，"聚散苦匆匆"意思是聚会本来就很难，可刚刚见面，又要匆匆告别，这怎能不带来深深的怅恨？一句"此恨无穷"扩及各种离别，并不是只言词人的分别，而是言及古今亲人朋友之间的匆匆离别。末三句通过描写眼前所见鲜艳繁盛的景色，抒发了词人感伤的别离之情，正是以乐景写惆怅。词人将三年的花加以对比，"今年花胜去年红"，今年的花比去年开得更加繁盛，更加鲜艳，但"明年花更好"，却不知道能和谁再来共赏？词人以惜花写惜别，层层递进，诗意盎然，构思新颖，可谓惜别诗中的绝妙之笔。

全词语言凝练，婉丽隽永，含蕴深刻，耐人寻味。

【词评】

因惜花而怀友，前欢寂寂，后会悠悠，至情语以一气挥写，可谓深情如水，行气如虹矣。

——《宋词选释》

浪淘沙

王安石

伊吕两衰翁①,历遍穷通②,一为钓叟一耕佣。若使当时身不遇,老了英雄。

汤武偶相逢,风虎云龙③,兴亡只在笑谈中。直至如今千载后,谁与争功!

注释:

①伊:伊尹,商代大臣,曾帮助商汤灭亡了夏朝,建立了商朝。吕:吕尚,即姜太公,他曾帮助武王伐纣,建立了周朝。②穷通:困顿与通达。③风虎云龙:《易经》中说:"云从龙,风从虎。"此指辅佐君主。

赏析:

上阕写商代开国贤相伊尹和周朝兴邦重臣吕尚因为怀才不遇而做农夫、做渔父的故事,推想若不是得遇商汤、周武两位明君便会空老了英雄。下阕赞叹明主贤臣一朝相逢,如同龙得云助,虎得风势,兴国大业在谈笑中便已完成,丰功伟绩光照千古,无人能及。

【词评】

此词咏史,其中暗含着作者志得意满的心情和对逢遇盛世明君的庆幸。

卜算子

王 观

水是眼波横，山是眉峰聚。欲问行人去那边？眉眼盈盈处①。才始送春归，又送君归去。若到江南赶上春，千万和春住。

注释：

①盈盈：美好的样子。

赏析：

浙东素以山清水秀闻名，因而词也就从山水写起。作者用女子含情脉脉的眼波来形容浙东的水，用女子蹙拢的眉来形容浙东的山，更用"眉眼盈盈"一语注入灵气，托显出江南山水的柔情绰态。

别离是伤感的，何况是在春日将尽的时候，惜春惜别之情一同搅缠于心中的滋味确实不好受。但作者想到友人此去江南兴许还能赶上春天在那里逗留的脚步，不禁又为他庆幸。他于是叮嘱友人，如果真的赶上了春天，千万要拣那春意最浓的地方住下。

【词评】

　　小令语言清新，设喻巧妙，用淡淡的谐谑情调化解着离别的伤感，在赠别词中可谓风格独具。

临江仙

晏几道

梦后楼台高锁,酒醒帘幕低垂。去年春恨却来时①。落花人独立,微雨燕双飞。

记得小蘋初见②,两重心字罗衣③。琵琶弦上说相思。当时明月在,曾照彩云归。

注释:

①却来:又来。②小蘋(pín):歌女的名字。③心字罗衣:古时女子穿的衣领形如"心"字的罗衣。

赏析:

词人朋友家中有四位歌女,这首词就是其怀念歌女小蘋而作,是其代表作之一。上片写和小蘋分别后形单影只和对她刻骨铭心的相思之情。开篇就用两个六字对句描写了梦醒后的孤寂凄苦,虽然并没有直接抒情,但早已经是寓情于景、情在景中了,词人对小蘋深深的思念显露无遗。"去年春恨却来时"承上启下,接着,词人借用了五代翁宏《春残》诗的"落花人独立,微雨燕双飞"两句,在描写景色的同时,不露痕迹地把词人自己的惆怅寂寞之情融会其中,颇为新奇。

下片回忆和小蘋初识和分别时的情景。一开始就写他们以琵琶为媒,一见钟情。然后,他化用李白《宫中行乐词》中的"只愁歌舞散,化作彩云飞",增添了更多更美妙的色彩。词虽以景语结尾,实则饱含无限深情,既写出了小楚楚动人的形象,也写出了词人对小蘋的深深爱慕之情。全篇没有直接抒发感情,却让人感受到情感的真挚深沉。

鹧鸪天

晏几道

小令尊前见玉箫①,银灯一曲太妖娆。歌中醉倒谁能恨,唱罢归来酒未消。

春悄悄,夜迢迢,碧云天共楚宫遥②。梦魂惯得无拘检,又踏杨花过谢桥③。

注释:

①尊:酒器。②楚宫:指代玉箫居处。③谢桥:谢娘家的桥。谢娘为唐代妓人。

赏析:

词写作者对一位美丽歌女的怀念之情。"玉箫"指代歌女,作者在一次宴会上偶然遇到她,久久不能忘怀。

酒宴歌席间第一次见到玉箫,银灯璀璨的光华下,她清歌一曲,让作者连连叹息"太妖娆"。他情愿歌中醉倒而无怨恨,宴毕后一路陶醉归来,酒意未消。

春悄悄,夜迢迢,作者空对碧色云天,叹息佳人远隔,不无惆怅。他于是求助于不受束缚的梦境,踏杨花,过谢桥,一路寻去,往见昼思夜想的玉箫。

【词评】

伊川(与晏几道同时代的道学家程颐)闻诵叔原词"梦魂惯得无拘检,又踏杨花过谢桥",笑曰:"鬼语也!"意颇赏之。

——《词苑萃编》

水调歌头

苏 轼

明月几时有？把酒问青天。不知天上宫阙，今夕是何年？我欲乘风归去，又恐琼楼玉宇①，高处不胜寒。起舞弄清影，何似在人间②？

转朱阁③，低绮户④，照无眠。不应有恨，何事长向别时圆？人有悲欢离合，月有阴晴圆缺，此事古难全。但愿人长久，千里共婵娟⑤。

注释：

①琼楼玉宇：指月宫，也指朝廷。②在人间：也含有出任地方官的意思。③朱阁：朱红色的楼阁。④绮户：雕花的门窗。⑤婵娟：月亮。

赏析：

这首词作于宋神宗熙宁九年（1076年），当时苏轼在密州任太守。他与弟弟苏辙已是七年阔别，再加上政事上的不顺心，又赶上丙辰年的中秋节，于是对月思人，尽抒情怀，乘醉而歌，写出了这首传颂千古的名篇。胡仔《苕溪渔隐丛话》说："中秋词自东坡《水调歌头》一出，余词尽废。"

词的上片写把酒问天，发欲升天之奇想，但又恐高处奇寒不如人间，一波三折，抒写词人由于政治失意想要超脱尘世但又热爱人间、眷恋人生的矛盾心态。下片由"人有悲欢离合，月有阴晴圆缺"慨叹人生好事难全，古今一样，进而表达"但愿人长久，千里共婵娟"的心愿，只希望人们能够永远健康长寿，即使相隔千里也能在中秋之夜共同欣赏天上的明月。这里既抒写怀念兄弟的深情以及对远方亲人的思念,也是表达一种祝福。

全词叙述跌宕起伏,情感放纵奔腾,充满浪漫主义情调,风格超旷飘逸,表现诗人开阔洒脱的胸襟和积极达观的品格。全词构思奇特,结构严谨,蕴含深广,通过对虚无缥缈的月宫仙境的幻想,表现了现实世界中自己内心的矛盾和迷茫,以及对人生的思考和认识。本词语言如行云流水,理性情趣兼有,是宋词的名作。其中的"人有悲欢离合,月有阴晴圆缺""但愿人长久,千里共婵娟"等句,是流传千古的名词佳句。

【词评】

此老不特兴会高骞,直觉有仙气缥缈于毫端。
——《左庵词话》

念奴娇·赤壁怀古

苏 轼

大江东去,浪淘尽、千古风流人物。故垒西边,人道是、三国周郎赤壁。乱石穿空,惊涛拍岸,卷起千堆雪。江山如画,一时多少豪杰!

遥想公瑾当年,小乔初嫁了,雄姿英发。羽扇纶巾①,谈笑间、樯橹灰飞烟灭②。故国神游③,多情应笑我,早生华发④。人生如梦,一樽还酹江月⑤。

注释:

①纶(guān)巾:用青丝带做的头巾。②樯橹:指曹操水军。樯:桅杆。橹:船桨。③故国:指赤壁古战场。④华发:白发。⑤酹(lèi):将酒倒在地上以表祭奠。

赏析：

这首词是苏轼豪放词的杰作，也是整个豪放词派中的扛鼎之作。它写于神宗元丰五年（1082年）七月，当时苏轼刚刚因"乌台诗案"受贬，退居黄州。词中，词人挥洒巨笔描绘赤壁古战场雄奇壮丽的景色，表现三国名将周瑜风流儒雅、指挥若定的大将风采，歌颂了祖国大好江山和英雄人物，也抒写了自己政治失意、老大无成的迟暮之悲。

上片以"赤壁"为主题，写雄浑之景。开篇三句总起，由景到人，人由景出，在浩荡东流的滔滔江水之后，紧跟着引出千秋万代的风流人物，笔势雄奇，气势阔大，营造出一种历史的深厚感，让人感慨系之。"故垒"两句明言借古抒怀。"人道是"，显出词人的严谨。"周郎赤壁"，既合主题，又是对下文赞美周郎的铺垫。"乱石"三句，直写赤壁的景色，苍凉雄浑，制造出一种抒怀的氛围，最后用"江山如画"衬托历代英豪的丰功伟绩。

下片写怀古之情。用"遥想"总领，起笔六句分别从多个方面描写周瑜当年的英武形象，暗示自己垂垂老矣而一事无成，充满了郁郁不得志的愤慨。"多情"两句，写自己的一生，感慨自己尚无所作为却已老之将至，大好年华全都被虚度。最后两句情景交融，思接古今，看似是词人以酒祭月，表达自己对古人的缅怀之情，实则是借酒浇愁，体现出词人内心深处的无奈与苦闷。

全词气象宏阔，笔力遒劲。胡仔在《苕溪渔隐丛话前集》盛赞此词为"古今绝唱"。

定风波

苏 轼

三月七日,沙湖道中遇雨。雨具先去,同行皆狼狈,余独不觉。已而遂晴,故作此词。

莫听穿林打叶声,何妨吟啸且徐行。竹杖芒鞋轻胜马[①],谁怕?一蓑烟雨任平生。

料峭春风吹酒醒,微冷,山头斜照却相迎。回首向来萧瑟处[②],归去,也无风雨也无晴。

注释:

①芒鞋:草鞋。②向来:刚才。

赏析:

本篇为醉归遇雨抒怀之作。词人借雨中潇洒徐行之举动,表现虽处逆境屡遭挫折却不畏惧、不颓丧的倔强性格和旷达乐观情怀。

词的上片以"莫听穿林打叶声"开篇,一方面写出了风大雨疾的情景,一方面又以"莫听"二字写出外物不足萦怀之意,即使雨再大,风再烈,都不会受影响;"何妨吟啸且徐行"承接上句,何不低吟长啸缓步徐行,凸显出词人的情趣和兴致。"何妨"二字写出一丝俏皮之意,增添了向雨挑战的意味。前两句是全词的枢纽,以下词句皆是由此发出。"竹杖芒鞋轻胜马"写词人脚穿芒鞋手持竹杖雨中前行的情景,"轻胜马"三字传达出从容之意,"谁怕"二字诙谐可爱,值得玩味;"一蓑烟雨任平生"由眼前风雨进一步写到整个人生,表达了搏击风雨、笑傲人生的喜悦和豪迈。

下片写雨停后的情景,"料峭春风吹酒醒"写醉酒被春风吹醒,暗示雨停。

"微冷",风吹雨停,词人突然感觉有点冷,抬头一看"山头斜照却相迎",已雨过天晴;"回首向来萧瑟处",回头看看那刚下过雨的地方,发出感慨:"归去,也无风雨也无晴。"此乃本篇的点睛之笔,道出词人对天气微妙变化的顿悟,表达了词人宠辱不惊的超然情怀。"风雨"二字一语双关,既是大自然的风雨,又暗喻了政治风雨和人生的荣辱得失。

全词即景生情,语言幽默诙谐,值得一读再读。

【词评】

　　此足征是翁坦荡之怀,任天而动。琢句亦瘦逸,能道眼前景,以曲笔直写胸臆,倚声能事尽之矣。

——《手批东坡乐府》

江城子·密州出猎

苏 轼

　　老夫聊发少年狂①,左牵黄,右擎苍。锦帽貂裘,千骑卷平冈。为报倾城随太守②,亲射虎,看孙郎③。

　　酒酣胸胆尚开张,鬓微霜,又何妨!持节云中,何日遣冯唐④?会挽雕弓如满月,西北望,射天狼⑤。

注释:

①聊:姑且,暂且。②倾城:举城的人。③看孙郎:三国孙权曾亲自射虎,此处是作者自喻。④持节二句:汉文帝时魏尚镇守云中以拒匈奴,功绩显著。后因报功多六颗首级,被削职。得冯唐上书相救。文帝遂遣冯唐持节赦之。此处作者是以魏尚自比,希望朝廷不计自己以前的过失,重新委以重任。⑤天狼:此处是泛指西北边陲进犯之敌。

赏析：

那一天，作者忽为少年般的豪情和狂放所冲动，他左手牵着黄狗，右手擎着苍鹰，戴锦帽，穿貂裘，带领着大队人马，席卷原野山冈。为了报答全城百姓的相随出猎，他要亲自射虎，仿效当年的孙郎。

猎罢开宴，作者酒酣耳热，心胸气魄更加豪放，他抒发了"鬓微霜，又何妨"的激奋，表达出对于重新受到朝廷重用的渴望，而那力挽雕弓，遥望西北，射落天狼的英雄形象，便是他对为国戍边抗敌的未来的慷慨设想。

【词评】

全词意气风发，豪情恣肆，一洗中唐以来绮罗香泽之词风，独树一帜，洋溢着高昂积极的精神。苏轼自己也不无得意地认为，这首词"虽无柳七郎风味，亦自成一家"。

眼儿媚

王雱

杨柳丝丝弄轻柔，烟缕织成愁。海棠未雨，梨花先雪，一半春休。

而今往事难重省，归梦绕秦楼。相思只在，丁香枝上，豆蔻梢头。

赏析：

本词情感细腻缠绵，从春愁写到离愁，抒发了作者既对妻子难以忘怀，又不忍重温往事的矛盾心情。结尾处说相思之情寄挂在丁香枝上、豆蔻梢头，一语双关，不但讲出了思念的无从断绝、遇时而发，也将妻子青春秀雅的样貌隐约其中，意蕴深长，耐人寻味。

渔家傲

朱 服

小雨纤纤风细细,万家杨柳青烟里,恋树湿花飞不起。愁无际,和春付与东流水。

九十光阴能有几?金龟解尽留无计[①]。寄语东阳沽酒市,拼一醉,而今乐事他年泪。

注释:

①金龟:唐武则天时,三品以上官员佩金龟。

赏析:

这首词伤春惜时,是词人早年出知婺州(今浙江金华)时所作。

词的上半部分写景,景中含情。起首两句写小雨淅沥、微风细细、青烟阵阵、杨柳依依,一派朦胧凄美的初春图景。接下来三句特写"落花"。词人寓情于景,以湿花之恋树喻人心之惜春。"恋树湿花飞不起",妙笔生花。飞花尚且贪恋杨柳,更况人乎?美好的春天就要悄然逝去了,连落花都生离树之愁,人的忧愁更可想而知,"愁无际"即是言此二愁。词的下半部分写词人留春不住,满怀愁怨。"九十"两句,出自贺知章金龟换酒酬李白的典故,写词人把酒留春。季节的更迭虽是大自然的普遍规律,但从更深的层次上说,佳人韶华不再、志士壮志难酬,不免让人感慨。最后三句写词人借酒消愁,欲以一醉换得暂时的解脱、欢愉。收尾一句,乐极生悲,别有感怀。本词清丽俊美,是词人最喜爱的作品。最后两句蓄意深沉,言有尽而意无穷,尽显浩渺愁思。

【词评】

白石词"少年情事老来悲",宋朱服句"而今乐事他年泪",二语合参,可悟一意化两之法。

——《蕙风词话》

鹊桥仙

秦 观

纤云弄巧,飞星传恨,银汉迢迢暗度①。金风玉露一相逢②,便胜却人间无数。

柔情似水,佳期如梦,忍顾鹊桥归路!两情若是久长时,又岂在朝朝暮暮。

注释:

①银汉:指银河。②金风:指秋风。

赏析:

丝丝彩云变幻成各种图案,那是织女巧手织成的云锦;闪亮的流星飞过银河,替牛、织二星传递着离愁别恨。七月初七的夜晚,多情的乌鹊架起长桥,那秋风白露中的一次欢聚,便胜过人间的千次万次。

绵绵温情,似水般柔美;相逢的喜悦,把人带入梦境。只是那成就团圆的鹊桥,转眼间便要成为分离的归路,又让人怎忍回顾!

作者说,两人若是真诚相爱,并不一定要形影不离、相伴朝朝暮暮。

【词评】

"金风玉露一相逢,便胜却人间无数"极尽褒扬,诉说霎时间的永恒;"两情若是久长时,又岂在朝朝暮暮"堪称奇想,道出了爱的真谛。

踏莎行

秦 观

雾失楼台,月迷津渡①,桃源望断无寻处。可堪孤馆闭春寒,杜鹃声里斜阳暮。

驿寄梅花,鱼传尺素②,砌成此恨无重数。郴江幸自绕郴山③,为谁流下潇湘去?

注释:

①津渡:渡口。②尺素:指书信。③郴(chēn)江、郴山:在今湖南郴州。幸自:本自。

赏析:

词作寓情于景,以凄迷的暮春景色烘托作者沦落天涯的迷茫、孤苦的心境,以质问郴江为何不安分地环绕郴山而流,却要远下潇湘自嘲身世,旋喻自己本可安贫自守,却因为出仕而卷进政治旋涡。除此之外,作者还写到亲朋的书信不但不能让他感到慰藉,反而让他心中累恨积怨,真实地展现出谪贬之人复杂的内心世界和痛苦的心灵挣扎。

【词评】

> 郴江幸自绕郴山,为谁流下潇湘去?"千古绝唱。秦殁后,坡公尝书此于扇,云:"少游已矣,虽万人何赎!"高山流水之悲,千载而下,令人腹痛。
> 　　　　　　　　　　　　　　——《花草蒙拾》

青玉案

贺　铸

凌波不过横塘路①,但目送、芳尘去。锦瑟华年谁与度②?月桥花院,琐窗朱户③,只有春知处。

飞云冉冉蘅皋暮④,彩笔新题断肠句。试问闲愁都几许?一川烟草,满城风絮,梅子黄时雨。

注释:

①凌波:形容女子脚步轻盈,飘移如履水波。②锦瑟华年:唐李商隐《锦瑟》有:"锦瑟无端五十弦,一弦一柱思华年。"③琐窗:为雕刻或绘有连环形花纹的窗子。④冉冉:渐渐地。蘅皋:长满香草的高地。

赏析:

轻盈的脚步不曾移向自己所居住的横塘,作者只得无可奈何地目送她远去。他猜想着她的青春年华会与何人一起度过,他觉得她一定住在有小桥、有鲜花、有精致房屋的庭院里,并且,只有春天才知道那庭院在哪里。

不晓得痴立了多久,但回过神来,只见飞云冉冉飘过,暮色已然苍茫。作者提起多情妙笔写下惆怅的词句,词中自问闲愁几许,还以比喻作答:如遍地春草弥望无际,如满城风絮铺天盖地,如绸缪浓密、挥散不尽的梅子黄时雨。

【词评】

《青玉案》一篇是贺铸词中的压卷之作,因其隐约朦胧的意境,深婉幽怨的风格而受到诸多文人墨客的青睐。黄庭坚写诗赞之云:"少游醉卧古藤下,谁与愁眉唱一杯?解作江南断肠句,只今唯有贺方回。"

少年游

周邦彦

并刀如水①,吴盐胜雪②,纤手破新橙。锦幄初温,兽烟不断③,相对坐调笙。

低声问:向谁行宿?城上已三更。马滑霜浓,不如休去,直是少人行!

注释:

①并刀:并州出产的刀,以锋利著称。②吴盐:吴地出产的盐。③兽烟:兽形香炉里冒出的香烟。

赏析:

先是光洁如水的并刀,晶莹似雪的吴盐,而后是正在破开新橙的纤纤玉手,再后是织锦的床帷,香烟袅袅的金兽,最后才将相对而坐,男子调弄笙管,女子听音校准的情景呈现在读者眼前。上阕的写作手法有如一台由细节到全景的摄影片段着重突出词中人高雅舒适的生活。下阕直录女子话语,她低声问他:已经三更了,你还要到哪里去住啊?继而又自语道:外面霜气正浓,连个人影都没有,就是现在出去,马儿也会打滑呀。——你不如就不要走了吧?短短几语,已将女子试探的神情,深深的关切,满心的期待完现出来,惟妙惟肖,呼之欲出。

【词评】

"马滑霜浓,不如休去,直是少人行"言马,言他人,而缠绵依偎之情自见,若稍涉牵裾,鄙矣。

——《填词杂说》

蝶恋花·早行

周邦彦

月皎惊乌栖不定,更漏将残,辘轳牵金井。唤起两眸清炯炯,泪花落枕红绵冷。

执手霜风吹鬓影,去意徊徨①,别语愁难听。楼上阑干横斗柄②,露寒人远鸡相应。

注释:

①徊徨:彷徨。②阑干:横斜。斗柄:北斗的勺柄。

赏析:

明月太皎洁了,以至于乌鸦误以为天明而惊起聒噪;但长夜的确即将过去,因为更残漏断,也因为井边已传来辘轳汲水的声音。他唤起睡在身边的她,出乎意料地发现她的一双眸子清亮亮的,头下的红绵枕又湿又冷,显然,这一夜她流了许多泪水。

收拾好行装,他便将踏上征程,她的深情相送,让他去意彷徨。此时此刻,他的心中为万千离愁别恨所充斥,听不下她的殷殷叮咛,也不忍看她悲伤的面容。

他最终还是远去了,夹霜带露的晨风中,只剩下女子在北斗横斜的楼头久久伫立,直到他不见了踪影,直到鸡鸣声此起彼伏,天光大亮。

【词评】

按首一阕言未行前闻乌惊漏残,辘轳响而惊醒泪落。次阕言别时情况凄楚,玉人远而惟鸡相应,更觉凄婉矣。

——《蓼园词语选》

江城子

谢 逸

杏花村馆酒旗风,水溶溶,飏残红。野渡舟横,杨柳绿阴浓。望断江南山色远,人不见,草连空。

夕阳楼外晚烟笼,粉香融,淡眉峰。记得年时,相见画屏中。只有关山今夜月,千里外,素光同。

赏析:

上阕写景,多化用前人成句,将江南暮春景色像展开一幅画卷一样地呈现于我们面前,"望断江南山色远,人不见,草连空"几句,初露怀人之情。下阕亦以景起,由景而兴起对佳人面容的回忆,对二人相见情景的回想;继而临月寄情,抒发了对相隔遥远之现实的无奈和希望超越时空求得永恒的情怀。

鹧鸪天·西都作①

朱敦儒

我是清都山水郎②,天教分付与疏狂。曾批给雨支风券③,累上留云借月章。

诗万首,酒千觞,几曾着眼看侯王?玉楼金阙慵归去,且插梅花醉洛阳。

注释:

①西都:北宋以洛阳为西都。②清都:传说中天帝的宫阙。山水郎:掌管山水胜景的官。③券:凭证。

赏析:

词人自称是掌管山川胜景的郎官,他说,是天帝赋予了他这般疏狂模样,他曾经拥有支风使雨的权力,也屡次递上流云借月的奏章。做得清诗万首,喝下美酒千觞,热爱自由的词人从不瞩目那些富贵显赫的侯王。他意兴慵懒地走过高大华丽的玉楼金阙,斜插梅花,无拘无束地醉在热闹繁华的洛阳。

【词评】

全词直抒胸怀,不务雕饰,字里行间透露出远离尘俗、热爱自然的疏狂不羁的个性。

燕山亭·北行见杏花

赵 佶

裁剪冰绡,打叠数重,淡著胭脂匀注。新样靓妆,艳溢香融,羞杀蕊珠宫女。易得凋零,更多少、无情风雨。愁苦。闲院落凄凉,几番春暮。

凭寄离恨重重,这双燕,何曾会人言语?天遥地远,万水千山,知他故宫何处?怎不思量,除梦里、有时曾去。无据。和梦也、新来不做。

赏析:

花瓣似冰绡裁叠、色泽如胭脂淡染的杏花,娇嫩柔美,艳溢香融,胜似天宫仙女。但身为俘虏的徽宗观之,叹美丽花儿容易凋零,更叹无情风雨的横加摧残。他的内心充满愁苦,凄凉院落,春暮已到何时。

看到空中燕子,徽宗想要托付它们向故宫寄去满怀的离愁别恨,但燕子不识人语,何况故宫又在万水千山之外!

肠回九转的思量是免不了的,只是故地重游、旧事重现全在梦中,但如今,就算这样的梦也越发地难得了。

【词评】

徽宗思国,其情可哀,但这一切又都是因他的荒淫失政所致。但此词评者以为"以真胜",血书如何不真呢?

一剪梅

李清照

红藕香残玉簟秋①。轻解罗裳，独上兰舟。云中谁寄锦书来？雁字回时，月满西楼。

花自飘零水自流。一种相思，两处闲愁。此情无计可消除，才下眉头，却上心头。

注释：

①簟（diàn）：席子。

赏析：

这是一首别离词，是词人和丈夫分离后的相思之作。

词的上半部分写词人怀远念归。开篇一句点出时令，大概在清秋时节。"红藕香残"写户外的莲藕，"玉簟秋"写室内的凉席，这两处描写都是在渲染节气。此句色彩明丽，含蓄深沉，景中含情。这一句内涵丰富，为全词营造出一种凄凉的氛围。随后五句交代词人一天的行动。"轻解罗裳"两句，写词人心事满怀，于是泛舟河上。"独上"二字，说明词人是独自一人。"云中"一句，直写相思之情。"雁字回时，月满西楼"，情景交融，营造出一种迷离的意境，使人愁绪暗生。

词的下半部分写离愁之深。"花自飘零"一句，上承前文的景物描写，下启后文的情感抒发，写落花流水之景，寓情于景，呼应上文的"红藕香残""独上兰舟"两句。随后两句，直抒胸臆，写自己的相思之情，这里视角暗转，抒情对象不再只是词人一人，而是把其丈夫也并入其中，两人都为相思所苦，可见他们情意之深。最后三句，写相思之苦无法摆脱。词人笔法高超，"眉头"与"心头"相对应,"才下"与"却上"相对应,对仗工整,妙笔生花,把相思之情的微妙变化描绘得惟妙惟肖,感人肺腑。

【词评】

易安佳句,如《一剪梅》起七字云"红藕香残玉簟秋",精秀特绝,真不食人间烟火者。

——《白雨斋词话》

如梦令

李清照

常记溪亭日暮,沉醉不知归路。兴尽晚回舟,误入藕花深处。争渡,争渡,惊起一滩鸥鹭。

赏析:

曾经独泛小舟于溪畔荷塘,又在酒酣兴尽后驾舟归来,只是恍惚迷离间已不辨归途,因而不知不觉地误入到藕花深处。天色渐晚,归心渐切,正因荷丛密密匝匝难于速出而略显焦急,却误打误撞惊起一群已经栖息了的鸥鹭,故而重新唤来意兴一片。

【词评】

小令描述的是词人少女时代生活中的一幕,满含意趣,波澜起伏,生动地展现出作者昔日无忧无虑、纯真俏皮的少女情怀,让人回味不尽。

武陵春

李清照

风住尘香花已尽①，日晚倦梳头。物是人非事事休，欲语泪先流。

闻说双溪春尚好②，也拟泛轻舟。只恐双溪舴艋舟③，载不动、许多愁。

注释：

①尘香：尘土中的落花香。②双溪：在浙江省金华县，唐宋时已成为文人骚客游赏吟咏的胜地。③舴（zé）艋（měng）舟：小船。

赏析：

这是词人避乱金华时所作。她历尽离乱之苦，所以词情极为悲戚。

上片极言眼前景物之不堪，心情之凄苦。下片进一步表现悲愁之深重，"载不动、许多愁"，将词人内心的愁苦和盘托出，意境深远。

全词充满"物是人非事事休"的痛苦，表现了她的故国之思。构思新颖，想象丰富。通过暮春景物勾出内心活动，以舴艋舟载不动愁的艺术形象来表达悲愁之多。写得新颖奇巧，深沉哀婉，遂为绝唱。此外，在表现手法上，本词巧妙运用了多种修辞手法，将抽象的感情以具体的形象表达出来，手法新颖，饶有特色。

【词评】

全词一波三折、一唱三叹，终未离开一个"愁"字，柔美隽永的韵调中，饱含着无限哀婉的情致。

声声慢

李清照

寻寻觅觅,冷冷清清,凄凄惨惨戚戚。乍暖还寒时候,最难将息①。三杯两盏淡酒,怎敌他、晚来风急。雁过也,正伤心,却是旧时相识。

满地黄花堆积,憔悴损,如今有谁堪摘?守着窗儿,独自怎生得黑?梧桐更兼细雨,到黄昏、点点滴滴。这次第②,怎一个愁字了得?

注释:

①将息:将养休息。②次第:情形,景况。

赏析:

靖康之变后,李清照经历国破、家亡、夫死,伤于人事。这时期她创作的作品再不复当年的清新可人,风格转为沉郁凄婉,主要抒写她对亡夫赵明诚的怀念和自己孤单凄凉的境况。这首词就是通过对秋景的描绘,渲染出一种凄凉伤感的氛围,抒写了词人在漂流境遇中无限伤感、落寞的情怀。

上片以景写情,境界凄凉。七组叠词中,不见一个"愁"字,却让人读来有徘徊低迷、婉转凄楚之感,余味无穷。上片以雁过长天的仰视镜头收尾,下片则以黄花满地的俯视镜头开篇,过渡巧妙、自然。

总的看来,词人用直白的语言、铺陈的手法,融情于景,委婉含蓄地表现出了一种多侧面、多层次、深刻细腻的感情。前人评价这首词:"声声含泪,物物关情;一字一泪,满是悲愁。"非常有见地。词人不直接说愁,这愁情是在含蓄蕴和的表情方法和环境景物的烘托渲染下表现出来的，因而给读者留下了非常广阔的想象空间。

【词评】

近时李易安词云："寻寻觅觅，冷冷清清，凄凄惨惨戚戚。"起头连叠七字，以一妇人乃能出奇如此！

——《鹤林玉露》

后幅一片神行，愈唱愈妙。

——《白雨斋词话》

忆王孙·春词

李重元

萋萋芳草忆王孙①，柳外楼高空断魂，杜宇声声不忍闻②。欲黄昏，雨打梨花深闭门。

注释：

①萋萋句：《楚辞·招隐士》有，"王孙游兮不归，春草生兮萋萋"。②杜宇：杜鹃。

赏析：

面对萋萋芳草思念远出不归的行人，空自在窗前柳枝轻拂的高楼上眺望、惆怅，不忍听杜鹃凄厉的啼声。

天向黄昏，晚风暮雨吹打梨花，少妇不忍看残花落地，于是深深地关闭了家门。

【词评】

这是一首闺情词。此词化用前人成句，又别出新意地以高楼密柳、杜鹃哀鸣、黄昏雨落等描写烘染凄迷惨淡的环境氛围，把幽居怀人之旧旨托现得更为凄恻感人；深婉哀怨的风格中，含着让人咀嚼不尽的情味。

满江红

岳 飞

怒发冲冠，凭阑处、潇潇雨歇。抬望眼、仰天长啸，壮怀激烈。三十功名尘与土，八千里路云和月。莫等闲、白了少年头，空悲切。

靖康耻①，犹未雪。臣子恨，何时灭？驾长车、踏破贺兰山缺②。壮志饥餐胡虏肉，笑谈渴饮匈奴血。待从头、收拾旧山河，朝天阙。

注释：

①靖康耻：指靖康二年徽、钦二帝被掳入北廷之事。②贺兰山：在今宁夏境内，此代金人基地。

赏析：

《满江红》是岳飞的代表作，充分反映了他抗金救国的雄心壮志和慷慨豪迈的英雄气概。

词的上半部分抒写词人渴望建功立业的凌云壮志。"怒发冲冠"一句，以磅礴的气势开篇，随即稍顿笔锋，颇有节奏感。之后笔锋直上，转为"仰天长啸"，抒发精忠报国的壮志豪情。然后词人借"三十功名尘与土，八千里路云和月"两句剖白心迹。这两句，把岳飞的豪情壮志表露无遗。最后三句紧承上文，是词人的自勉之语。词的下半部分引史入词，以史为鉴，以史为鞭，传达出词人杀敌报国的决心与自信。"靖康耻，犹未雪。臣子恨，何时灭"四句，是全词的中心，交代了词人如此渴望收复山河的原因。其后的"饥餐""渴饮"，以夸张之笔表达了词人对敌人的憎恨，同时也展露出词人收复河山的信心和英勇的乐观精神。"待从头、收拾旧山河，朝天阙"，一方面表明词人对朝廷的忠诚，另一方面又体现出词人对收复河山的坚定信心。

全词气势激昂，字里行间流露出一股浩然正气和英雄气概。

钗头凤

陆 游

红酥手①，黄縢酒②，满城春色宫墙柳。东风恶，欢情薄。一怀愁绪，几年离索。错，错，错！

春如旧，人空瘦，泪痕红浥鲛绡透③。桃花落，闲池阁。山盟虽在，锦书难托。莫，莫，莫！

注释：

①红酥手：红润白嫩的双手。②黄縢酒：黄纸封坛的美酒。③浥（yì）：浸湿。鲛（jiāo）绡：丝帕。

赏析：

这首《钗头凤》记述了陆游与表妹唐琬的一次别后重逢。唐琬是陆游的表妹，也是著名的才女。她自小与陆游青梅竹马，两小无猜，长大后结为夫妇，感情深厚。但陆母却因其误陆游求仕之心，极为厌恶唐琬，并强行拆散两人。陆游迫于母命，万般无奈，便与唐琬忍痛分离。后来，陆游依母亲的心意，另娶王氏为妻，唐琬也迫于父命嫁给同郡的赵士程。几年过后，两人在沈园相见，陆游感慨万千，忍痛挥笔写就了这首《钗头凤》，抒发了词人幽怨而又无处言说的苦痛。

上片感慨往事，下片从感慨往事回到现实。春光依旧，只是佳人空瘦，如此憔悴的形象，可见离索的几年，他们都是在痛苦折磨中度过。整首词富有极强的节奏感，声情并茂，词中未言泪，却尽带泪，未言情，情却深，其中六个叹词尤为出彩，生生把读者带入"无可奈何花落去"的悲凉意境中。

【词评】

> 三个"错"字，蕴寓无限怨恨与悔恨，三个"莫"字，满含有情人难成眷属，和恸不忍言、恸不能言的凄楚。

诉衷情

陆 游

当年万里觅封侯，匹马戍梁州①。关河梦断何处？尘暗旧貂裘②。胡未灭，鬓先秋③，泪空流。此生谁料，心在天山④，身老沧洲⑤。

注释：

①梁州：今陕西汉中一带。②尘暗旧貂裘：意谓貂裘上积满了尘土，颜色也因日久而改变。借用苏秦典故说自己不受重用，未能施展抱负。③鬓先秋：意谓鬓发却先白了。④天山：在今新疆境内，汉唐时为西北边陲。⑤沧洲：江湖归隐之地。

赏析：

陆游出生的第二年，北宋便为金人所灭。陆游青壮年时期一心向往北伐中原，收复失地。这首词便是陆游晚年退居山阴抒写此种情怀的名篇。

上片"当年万里觅封侯，匹马戍梁州"二句，词人回忆了昔日奔赴抗敌前线的勃勃英姿。"关河梦断何处？尘暗旧貂裘"写的是现在的情景，往日军旅生活依然历历在目，可此时关塞河防的愿望只能在梦中实现。下片抒写了壮志未酬、报国无门的感叹。"胡未灭，鬓先秋，泪空流"三句，每句三字，步步紧逼，短促而有力，诉尽平生不得志。"此生谁料，心在天山，身老沧洲"是词人的总结和自我反省：这一生谁能预料，原想一心一意抗敌在天山，如今却一辈子老死于沧洲！

【词评】

全词情感沉郁苍凉，语言通俗而雄浑，说尽忠愤，读罢令人荡气回肠。

钗头凤

唐 琬

世情薄，人情恶，雨送黄昏花易落。晓风干，泪痕残，欲笺心事，独语斜阑。难，难，难！

人成各，今非昨，病魂常似秋千索。角声寒，夜阑珊①，怕人寻问，咽泪装欢。瞒，瞒，瞒！

注释：

①阑珊：将尽。

赏析：

世情凉薄，人情险恶，黄昏暮雨中花儿最易凋落。晨风吹干泪水，泪痕残留脸上，本想写下心事，却终作倚栏自语，唐琬哀叹："难，难，难！"

人已离散，今非昔比，如今的唐琬犹如秋千架上的绳索，摇摇荡荡，多病多忧。她每每长夜无眠，愁听清寒号角，直到夜色阑珊。她有苦无处倾诉，因为怕人询问，还要咽泪装欢，她只能将一切瞒，瞒，瞒！

【词评】

三个"难"字包含了心中多少无奈与怨恨，三个"瞒"字尽抒改嫁后生活的痛苦与折磨。

卜算子

严 蕊

不是爱风尘①，似被前缘误。花落花开自有时，总赖东君主②。去也终须去，住也如何住！若得山花插满头，莫问奴归处。

注释：

①风尘：指艺妓生涯。②东君：司春之神。主：做主。

赏析：

并不是自愿堕入风尘，好似是前定因缘的耽误，花开花落自有其时，但终归还要依靠东君做主。脱离苦海只在早晚，但身处其中着实难挨，若得自由自在地满插山花在头，便毋庸追问奴家将身归何处。

【词评】

全词词情哀婉却无乞怜之态，不卑不亢，语语入理，读之令人动容。

西江月

张孝祥

问讯湖边春色，重来又是三年。东风吹我过湖船，杨柳丝丝拂面。

世路如今已惯，此心到处悠然。寒光亭下水如天，飞起沙鸥一片。

赏析：

作者再次来寻访三塔湖的春色，与前次来此已隔三年。东风习习，吹送他的小船驶过湖面；杨柳丝丝，轻轻拂过他的面颊。经历了世路的坎坷，饱览了世态的炎凉，作者如今已然淡看世事，一颗心四处悠然，随遇而安。他放开心怀，悠然在寒光亭下碧广如天的湖面上，闲看汀洲上飞起沙鸥一片。

【词评】

此词信笔写来，无一着力语，看似浅易平淡，而意境深厚，耐人品味。

青玉案·元夕

辛弃疾

东风夜放花千树,更吹落、星如雨。宝马雕车香满路。凤箫声动,玉壶光转①,一夜鱼龙舞。

蛾儿雪柳黄金缕②,笑语盈盈暗香去。众里寻他千百度,蓦然回首,那人却在,灯火阑珊处③。

注释:

①玉壶:喻月亮。②蛾儿、雪柳、黄金缕:此三样皆为元夕时妇女们佩戴的饰物。③阑珊:零落。

赏析:

本篇为元宵节记景之作。上片以生花妙笔描绘渲染元宵佳节火树银花、灯月交辉的欢腾热闹的风光。"东风夜放花千树"写元宵夜的灯光,以花喻灯,表明灯的灿烂多姿。"更吹落、星如雨"写焰火,烟花一明一灭,参差起落,洒落如星。"宝马雕车"写车马华美,"香满路"表明游人之多。"凤箫声动,玉壶光转,一夜鱼龙舞",写的是彻夜欢腾的热闹场面。下片着意描写主人公在游人中千百回寻觅一位立于灯火零落处的自甘寂寞的孤高女子,表现了词人追求的境界之高,寓有深意。"蛾儿雪柳黄金缕,笑语盈盈暗香去"承接上片,继续描写元夜的盛况,但已转移到盛装出游的游女们身上。可在这些丽人中间却没有词人的意中人,"众里寻他千百度"极言寻觅之苦,失望之情跃然纸上。在这几近绝望的一刻,"蓦然回首",忽然发现"那人却在,灯火阑珊处"。辛弃疾的词素以豪放著称于世,其实他的婉约词亦是,曼妙无比,这首词即是最好的证明。

【词评】

如此耐得清淡、耐得冷落之佳人,何尝不是作者的自喻,梁启超评此词"自怜幽独,伤心人别有怀抱"。

清平乐·村居

辛弃疾

茅檐低小,溪上青青草。醉里吴音相媚好①,白发谁家翁媪②?大儿锄豆溪东,中儿正织鸡笼。最喜小儿无赖③,溪头卧剥莲蓬。

注释:

①吴音:吴地方言。②翁媪(ǎo):老公公、老婆婆。③无赖:淘气调皮。

赏析:

檐儿低低茅屋小,溪水两岸长满青青草。作者醉中听到亲切悦耳的吴音对话,那是一对白发皤然的农家老年夫妇在茅屋前闲话家常。继而关注到他们的三个儿郎,竟是一律的忙碌:老大在溪东豆地锄草,老二在编织鸡笼,最年幼的小儿子也不甘清闲,淘气地趴在溪边剥着莲蓬。

【词评】

此词着力于刻画人物,表现农人日常生活的原有风貌,不隐晦、不高渺,朴实中但见一派和谐自然、生气勃勃景象。

丑奴儿·书博山道中壁

辛弃疾

少年不识愁滋味，爱上层楼。爱上层楼，为赋新词强说愁。而今识尽愁滋味，欲说还休。欲说还休，却道天凉好个秋！

赏析：

历尽沧桑，饱尝愁滋味之后，回想起少年时代爱上高楼，为了赋一首新词强要说愁的单纯幼稚，作者不禁哑然失笑。少年时是故作愁态，怕人不知自己有愁，而今愁满胸中，却不知从何说起。在数次的"欲说还休"之后，吐出"天凉好个秋"的不相干的话聊以应景；作者是无可奈何，只好回避不谈。

【词评】

清人周济《宋四家词选序论》称稼轩词往往"敛雄心，抗高调，变温婉，成悲凉"，此词便是这种评价的代表作之一。

破阵子·为陈同甫赋壮语以寄

辛弃疾

醉里挑灯看剑，梦回吹角连营。八百里分麾下炙[①]，五十弦翻塞外声[②]。沙场秋点兵。

马作的卢飞快③,弓如霹雳弦惊。了却君王天下事,赢得生前身后名。可怜白发生!

注释:

①八百里分麾(huī)下炙:意谓方圆八百里的军营中士兵们在战旗下分吃着烤牛肉。②五十弦翻塞外声:意谓各种乐器合奏出雄壮的军歌。③的卢:骏马名。

赏析:

词由灯下醉看长剑写入梦境,极力烘绘抗金部队雄壮的军容,生动地刻画了将士们矫健威武、横戈跃马的身姿,直抒作者"了却君王天下事,赢得生前身后名"的心愿,豪情恣肆,气壮山河,交织着他忠君爱国的思想和强烈的个人功名观念。然而通篇的壮词竟以"可怜白发生"之悲语收尾,又反映出作者壮志难酬的悲愤心情。

【词评】

王夫之《姜斋诗话》云:"以乐景写哀,以哀景写乐,一倍增其哀乐。"是此词最突出的特点。

永遇乐·京口北固亭怀古

辛弃疾

千古江山，英雄无觅，孙仲谋处。舞榭歌台，风流总被、雨打风吹去①。斜阳草树，寻常巷陌，人道寄奴曾住②。想当年、金戈铁马，气吞万里如虎③。

元嘉草草，封狼居胥，赢得仓皇北顾④。四十三年，望中犹记，烽火扬州路⑤。可堪回首，佛狸祠下⑥，一片神鸦社鼓⑦。凭谁问，廉颇老矣，尚能饭否？

注释：

①风流句：意谓孙仲谋英雄事业的风流余韵已在历史的风吹雨打中远去。②寄奴：南朝宋武帝刘裕小字寄奴。③想当年两句：刘裕曾率军北伐，先后灭掉南燕和后秦，光复洛阳、长安等地。④元嘉三句：是说宋文帝不能继承父亲刘裕的功业，草率派兵北伐，想要像当年汉将霍去病战胜匈奴，封狼居胥山一样荡平北方，到头来只落得仓皇北望，后悔贸然北伐带来的惨败。⑤四十三年三句：辛弃疾于四十三年前南归，其时扬州地区正烽火弥漫。⑥佛狸祠：北魏太武帝拓跋焘击败南朝宋军后于长江北岸的瓜步山上所建行宫，当地百姓年年在祠下举行迎神赛会。⑦神鸦：庙里吃祭品的乌鸦。社鼓：祭祀的鼓声。

赏析：

上阕追忆孙权、刘裕二人事迹，表达出作者对既能守成抗敌，又能进取破虏的君王的期盼。下阕引宋文帝仓促北伐而招致全败之事，提醒掌权者不可贪功冒进；通过写历史上佛狸祠的迎神赛会，表示了对江北各地沦陷已久，人民将安于异族统治的隐忧。最后得结论，欲图恢复大计，当重用老成练达之臣。

暗 香

姜 夔

辛亥之冬,余载雪诣石湖。止既月,授简索句,且征新声。作此两曲。石湖把玩不已,使二妓肄习之。音节谐婉,乃名之曰《暗香》《疏影》。

旧时月色,算几番照我,梅边吹笛。唤起玉人,不管清寒与攀摘。何逊而今渐老①,都忘却、春风词笔。但怪得、竹外疏花,香冷入瑶席。

江国,正寂寂。叹寄与路遥,夜雪初积。翠尊易泣②,红萼无言耿相忆③。长记曾携手处,千树压、西湖寒碧。又片片、吹尽也,几时见得?

注释:

①何逊:南朝诗人,在扬州有《咏早梅》诗。此处为作者自喻。②翠尊:碧绿酒杯。③红萼:指红梅。耿相忆:心中挂怀,不能消解。

赏析:

词以回忆昔日与情人月下梅边吹笛、折花的风流韵事起首,而后感叹如今老来落寞情怀,又怪梅香入席,空惹惆怅。词人欲折梅寄远以慰相思,但无奈路遥夜雪。感伤之下,更觉杯中绿酒,室外红梅也似在深情怀念伊人,思绪又回到与她携手西湖岸、踏雪观梅的快乐时光。曲终遥想梅花渐落,复叹重聚难期。

疏　影

姜　夔

　　苔枝缀玉，有翠禽小小，枝上同宿。客里相逢，篱角黄昏，无言自倚修竹①。昭君不惯胡沙远，但暗忆、江南江北。想佩环、月夜归来②，化作此花幽独。

　　犹记深宫旧事，那人正睡里，飞近蛾绿③。莫似春风，不管盈盈，早与安排金屋。还教一片随波去，又却怨、玉龙哀曲④。等恁时、重觅幽香，已入小窗横幅。

注释：

①无言自倚修竹：用杜甫《佳人》"天寒翠袖薄，日暮倚修竹"句意。②想佩环句：化用杜甫《咏怀古迹》中"环佩空归月夜魂"句意。佩环：指代昭君。③犹记三句：相传宋武帝女寿阳公主日卧于含章殿檐下，梅花落公主头上，留下了花瓣的印记，三天后才褪去。蛾绿：蛾眉。④玉龙哀曲：指笛曲《梅花落》。玉龙：笛名。

赏析：

　　梅花像玉一样缀在长着苔藓的梅枝上，枝头栖息着小小翠鸟。在词人的眼中，白梅如同杜甫诗中的高洁佳人，无言独倚修竹；它又好似眷念故乡、月夜归来的昭君灵魂所化，美丽中透露出忧郁与孤独。词人还联想到那深宫旧事：寿阳公主小憩之时，梅花飘落在她的眉间，留下了五瓣梅花印。

　　词人劝说世人准备金屋珍藏美好清洁的梅花，莫学春风，让它随处飘零。待到梅花逐水漂走，词人要为它吹上一曲忧伤的《梅花落》。而当梅花落尽，再要寻觅它的踪迹，怕是只能到小窗上的图画中去欣赏了。

【词评】

"还教"二句,跌宕昭彰。

——《谭评词辨》

一剪梅·舟过吴江

蒋 捷

一片春愁待酒浇,江上舟摇,楼上帘招。秋娘渡与泰娘桥,风又飘飘,雨又萧萧。

何日归家洗客袍?银字笙调,心字香烧。流光容易把人抛,红了樱桃,绿了芭蕉。

赏析:

心头的一片春愁等待用酒来浇。船儿经过吴江,随波浪轻轻摇荡;江岸上酒楼的酒帘,迎风儿殷勤相招。过了秋娘渡,来到泰娘桥,斜风飘飘,细雨潇潇,斜风细雨牵起了词人想家的情思,他想着,何时才能回到家里,让妻子为自己洗去长袍上的风尘,与她共调笙瑟,焚香闲话。

时光依旧不停地流逝着,快得让人每每恍然惊叹,转眼间春去夏来,景物已换作红樱桃,绿芭蕉。

【词评】

词写旅途漂泊之愁,感叹青春易老,年华不再。华丽的语言,缠绵的抒情,优美的音韵水乳交融,是一篇不可多得的佳作。

元曲
YUANQU

人月圆·卜居外家东园

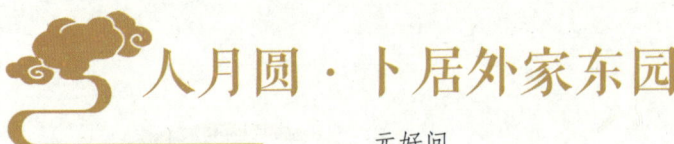

元好问

重冈已隔红尘断①,村落更年丰。移居要就,窗中远岫,舍后长松②。

十年种木,一年种谷③,都付儿童。老夫惟有,醒来明月,醉后清风。

注释:

①重冈:重叠的山峦。红尘:指繁华纷扰的人世。②移居三句:陶渊明《归去来兮辞》中有"云无心以出岫,鸟倦飞而知还。景翳翳以将入,抚孤松而盘桓"。③十年两句:《管子·权修》中有"一年之计,莫如树谷;十年之计,莫如树木"。

赏析:

重重山冈隔断了红尘俗世,时值丰年,又是新迁,在这宁静的乡村闲住,窗中见远山,舍后有长松,元好问也乐得个清闲自在,他说:"十年种木,一年种谷,关于明天,还是让年轻人去开拓吧。老夫唯有,醒来明月,醉后清风。"看上去像是不想再问世事,打算在诗酒中了此余生了。然而仔细品味本篇,想想他所生活的时代,那亡国之初文人的无奈和无所适从的心情便轻轻地泛了出来。

一半儿·题情

王和卿

鸦翎般水鬓似刀裁[1]，水颗颗芙蓉花额儿窄。待不梳妆怕娘左猜[2]。不免插金钗，一半儿蓬松一半儿歪。

注释：

[1]鸦翎：乌鸦尾部羽毛。此处形容头发黑。似刀裁：指两鬓用水或油匆匆一抹，贴在面颊上好像用刀裁的一般。[2]待：想要。左猜：猜疑。

赏析：

此曲是在描写一个思念恋人的少女。女为悦己者容，恋人远行在外，她自然也就无心打扮。你看她，急急地用水将鬓角一抹，鬓发贴在脸颊上，像刀裁的一样，很不自然；又将珠坠匆匆往头上一插，插低了挡住额头她也不管。"哎，这一切都是为了给娘看啊，是怕娘见我不上妆会东猜西猜！"她不无牢骚地说。在这样的心情之下插上金钗，那云鬓果真是免不了"一半儿蓬松一半儿歪"了。

【曲评】

曲子虽然短小，但语言俏皮，谐谑之中刻画出了一个情窦初开、单纯活泼的少女形象，更将她的内心活动体现得生动而细腻。

潘妃曲

商 挺

戴月披星耽惊怕,久立纱窗下。等候他,蓦听得门外地皮儿踏①。只道是冤家②,原来风动荼蘼架③。

注释:

①蓦:猝然,忽然。②冤家:对所爱人的昵称。③荼蘼(mí):花名,也作酴醾。

赏析:

此曲描摹的是一位少女于夜晚偷会情人时的心情。月儿正亮,星儿正明,这位少女久久地站在纱窗下,等待着心上人的出现。既然是偷会,她的心情自然是兴奋而又忐忑不安的,一点点的风吹草动都会让她心提到嗓子眼儿。这不,她听到门外仿佛有什么东西擦地皮儿的声音,以为是恋人的脚步,她的每一根神经都绷到了最紧。然而仔细分辨,那原是风在摇动荼架。

【曲评】

短短几语,把在封建礼教束缚下,一个初恋少女那种担心、幻想、喜悦、失望的微妙心理,都真实表现了出来。
——《元散曲一百首》

一半儿

胡祗遹

败荷减翠菊添黄,梨叶翻红梧叶苍。绣被不禁昨夜凉。酿秋光,一半儿西风一半儿霜。

赏析:

若不是独处深闺,若不是昨夜怀思难眠,深觉绣被难挡阵阵秋凉,不知她今日看到残败的荷花,渐黄的秋菊,经霜变红的梨叶和苍老的梧桐会是什么样的心情。然而昨夜的秋凉将她侵扰,孤独与寂寞在她心头蔓延,她感到凄苦难耐、身心俱寒。所以如今她看到秋色百态却只能感到其中的萧瑟,所以她才会在触目惊心之余哀哀叹道:秋光的酿成,都只是在那西风与严霜催逼之下啊!

人月圆

刘 因

茫茫大块洪炉里①,何物不寒灰?古今多少,荒烟废垒,老树遗台。

太行如砺,黄河如带②,等是尘埃③。不须更叹,花开花落,春去春来。

注释：

①大块：大自然。洪炉：冶炉。②太行两句：《史记·高祖公侯年表》中记载汉高祖刘邦在封爵时曾有誓言说："使河如带，泰山若厉，国以永宁，爰及苗裔。"③等是：同样是。

赏析：

曲的一开篇便清楚地表达了作者对于古今兴亡成败的看法，那就是在大自然的炼炉里，任何事物都在自然而然地走向消亡。作者的态度看似消极，但气魄极大，实际上是对荣耀一时的权贵们的命运的直白预言。曲中引用了汉高祖刘邦在封爵时那气壮山河的誓言，而彼时被分封的诸侯们的下场似乎也正预示着当世达官显贵们的结局。结尾处笔锋一转说："不提这些了，花开花落，春去春来，万物自有定数。"简单平白的一句话，将作者超脱尘俗而归于平静的心态表现得淋漓尽致。

山坡羊

陈草庵

晨鸡初叫，昏鸦争噪，那个不去红尘闹①？路遥遥，水迢迢，功名尽在长安道②。今日少年明日老。

山，依旧好；人，憔悴了。

注释：

①红尘：闹市的飞尘，借指繁华纷扰的人世。②长安道：指通往京城的道路。

赏析：

此曲为劝世之作。"晨鸡初叫，昏鸦争噪，那个不去红尘闹"不但写出了人们为追求名利起早贪黑、奔波劳碌的一面，也写出了他们执着盲目、浮躁狂热的心态。路遥遥，水迢迢，挡不住一颗颗痴迷于求取功名、志在侍奉于天子驾下的心；然而时光如过隙之驹，黑发免不了尽染霜华，年少的踌躇满志终究会随着老年的到来而逐渐衰颓，葱茏之青山年年依旧，只是少年心情却会一去不返。针对当时士人们前仆后继，汲汲于富贵功名的现状，作者不无忧虑，他从时空变幻、人生短暂的角度来规劝这些读书人不要过于盲目，把一生都寄托在"长安道"上，以免到头来不但错过了功名，更错过了大自然的美好风光，以及年轻人应有的多姿多彩的生活。

大德歌·冬

关汉卿

雪粉华，舞梨花，再不见烟村四五家。密洒堪图画，看疏林噪晚鸦。黄芦掩映清江下，斜揽着钓鱼槎①。

注释：

①揽：同"缆"。槎（chā）：小船。

赏析：

冬的象征是什么？是雪。而且这雪最好不要是南国的零星小雪，而是北国的连天飞雪，飘洒如随风舞动的梨花，霎时间便让大地穿上银装。

这首小令写冬，除却给我们带来了瑞雪，还为我们带来了雪后的疏林、晚鸦，和黄芦掩映清江畔斜缆着的一艘钓鱼槎。

没有人迹却不缺少热闹,寒冷冰冻却不缺少生气,作者笔下的冬天,是如此的真实可爱、多姿多彩。

一枝花·不伏老【套数】(节选)

关汉卿

【尾】我是个蒸不烂、煮不熟、捶不匾、炒不爆、响珰珰一粒铜豌豆,恁子弟每谁教你钻入他锄不断、斫不下、解不开、顿不脱、慢腾腾千层锦套头①?我玩的是梁园月②,饮的是东京酒③,赏的是洛阳花④,攀的是章台柳⑤。我也会围棋、会蹴鞠、会打围、会插科、会歌舞⑥、会吹弹、会咽作、会吟诗、会双陆⑦。你便是落了我牙、歪了我嘴、瘸了我腿、折了我手,天赐与我这几般儿歹症候⑧,尚兀自不肯休⑨!则除是阎王亲自唤,神

鬼自来勾,三魂归地府,七魄丧冥幽。天哪!那其间才不向烟花路儿上走⑩。

注释:

①恁(nèn):这样,如此。斫(zhuó):砍。锦套头:指风月场诱人的圈

套。②梁园：汉梁孝王所建，是古时著名的游赏宴饮之所。③东京：北宋京城开封。④洛阳花：指洛阳牡丹。⑤章台柳：指代最好的妓女。⑥蹴（cù）鞠（jū）：踢球。打围：即打猎。插科：即插科打诨，指滑稽表演。⑦咽作：唱曲。双陆：古时一种博胜负的游戏。⑧歹症候：坏毛病。⑨兀自：犹，仍。⑩烟花路：指风流放荡的生活。

赏析：

　　作者在曲中自比为"蒸不烂、煮不熟、捶不匾、炒不爆、响珰珰一粒铜豌豆"，不但坚韧顽强，而且历经磨难，谙于世故，具有丰富的战斗经验。他无意功名，甘于安身立命在风月场中，以种种世俗认为不登大雅的技艺消遣生活，嬉笑怒骂，我行我素。而"则除是阎王亲自唤，神鬼自来勾，三魂归地府，七魄丧冥幽。天哪！那其间才不向烟花路儿上走"的宣言，无疑是被逼迫着发出的愤世嫉俗的强烈反抗。

【曲评】

　　全曲如竹筒倒豆，其势紧密，其声铿锵。诙谐调侃的语风加之层层堆叠的情感，让人热血沸腾；而至若高潮处一语激言，又似壅川决口，无悔东流，使人为之震撼。

庆东原

白　朴

　　忘忧草①，含笑花②，劝君闻早冠宜挂③。那里也能言陆贾④？那里也良谋子牙⑤？那里也豪气张华⑥？
　　千古是非心，一夕渔樵话。

注释：

①忘忧草：即萱草。据说此草嫩苗可食，食后能使人忘记忧愁。②含笑花：又名含笑梅、香蕉花，生长于南方，花开时宛如含着盈盈笑意，故名。③冠宜挂："宜挂冠"的倒装，即宜辞官。④能言陆贾：陆贾是汉初的思想家、政治家。早年随刘邦平定天下，口才极佳，常出使诸侯国。⑤良谋子牙：指姜子牙。⑥张华：范阳方城人，晋武帝时拜中书令，加散骑常侍，力主伐吴，一生多有建树。

赏析：

忘忧草、含笑花的起兴，带来的不仅是一份清香，更是一种恬淡从容的生活意境。它们仿佛在劝那些于宦海中浮沉的人们：早些辞了官，离了那提心吊胆的生活吧。人生一世，有什么能比恬淡无忧的生活更可贵的呢？那能言善辩的陆贾，长于智谋的张良，豪气盖世的张华，如今都在哪里呢？千百年的是非功过，不过是渔父樵夫茶余饭后的谈资罢了。此曲是作者劝世之作，语淡而味浓，其间率性几问，引人深思。

天净沙·秋

白 朴

孤村落日残霞，轻烟老树寒鸦。一点飞鸿影下①。青山绿水，白草红叶黄花。

注释：

①飞鸿：高飞的大雁。

赏析：

此曲题面为"秋"，实写秋日暮景。孤零零的村落，落日与残霞，袅袅炊烟，栖于老树的寒鸦，这些景物着意渲染秋日黄昏的萧索凄清。"一点飞鸿影下"为清冷的画面带来了活力，造成曲子抒发情感的转移。作者继而用青、绿、白、红、黄五种颜色，由远及近，由高到低，立体地描绘出多姿多彩、绚烂明丽的秋日景象，给人以无尽的遐想，使整个画面充满了诗意。

【曲评】

此曲意境开阔，设色绚烂，清丽隽永，可以和马致远的《天净沙·秋思》相媲美。

金字经·樵隐

马致远

担挑山头月，斧磨石上苔。且做樵夫隐去来①。
柴！买臣安在哉②？空岩外，老了栋梁材。

注释：

①来：语助词。②买臣：即朱买臣。他出身贫寒，靠打柴卖薪度日，但酷爱读书。后来因为才学出众而得到汉武帝的赏识，出任为会稽郡太守。

赏析：

"担挑山头月，斧磨石上苔"，这种周而复始的平淡生活消磨掉了多少岁月，而同样做过樵夫的朱买臣却能得到脱颖而出的机会，在汉武帝面前谈经说史、评论古今，最终成为一方大员。身为栋梁之材，却空自老死山林岩穴之间，不被赏识，不能施展，可见这"且做樵夫隐去来"中包含了几多叹息、几多不甘。

天净沙·秋思

马致远

枯藤老树昏鸦[①]，小桥流水人家。古道西风瘦马[②]。夕阳西下，断肠人在天涯。

注释：

①昏鸦：黄昏归巢的乌鸦。②古道：古老的驿道。

赏析：

一边是"枯藤老树昏鸦"的凄凉景色，一边是"小桥流水人家"的温煦氛围，而当骑在瘦马上的游子从荒郊古道上憔悴而来，两般景物分别代表的眼下境况与思归情绪便已分明。境遇如此凄凉，归心更加强烈，夕阳西下时，游子肠断，独立天涯……。

【曲评】

前三对，更"瘦马"二字去上，极妙。秋思之祖也。

——《中原音韵》

寥寥数语，深得唐人绝句妙境。有元一代词家，皆不能办此也。

——《人间词话》

后庭花

赵孟頫

清溪一叶舟,芙蓉两岸秋①。采菱谁家女,歌声起暮鸥。乱云愁,满头风雨,戴荷叶归去休②。

注释:

①芙蓉:指荷花。②休:语助词。

赏析:

清清的溪流,荡漾着一叶小舟,美丽的芙蓉,点缀着两岸的清秋。谁家的采菱姑娘,唱起婉转悠扬的采菱歌,歌声惊起了暮色中的水鸥。乱云堆积,忽而风雨骤起,采菱姑娘头戴荷叶,心意急切地向回奔走。

【曲评】

赵孟頫不愧为一代绘画大师,这一首小令,便表达出清新柔婉的画意诗情。它还为我们带来了采菱女的悠扬歌声,描绘出风雨突来时她头顶荷叶仓促归去的生动景象,让我们得以随着作者的目光发现和感受生活细节里的美好和情趣。

山坡羊·潼关怀古

张养浩

  峰峦如聚，波涛如怒，山河表里潼关路①。望西都②，意踌躇③。伤心秦汉经行处，宫阙万间都做了土。兴，百姓苦！亡，百姓苦！

注释：

  ①山河表里：指潼关西近华山，北据黄河，形势非常险要。②西都：指长安（今西安）。③踌躇（chú）：此指思绪起伏。

赏析：

  来到潼关，群峰如聚，波涛如怒，形势十分险要。作者遥望古都长安，心潮起伏，感慨万千。他感慨华丽恢宏的秦宫汉阙都已灰飞烟灭，感慨眼前赤地千里、饥民遍野的凄惨景象，并由此而引发悲叹。悲叹并非为霸秦强汉转眼焦土，而是因为无论怎样改朝换代，百姓却总要罹难受苦。

【曲评】

  百姓们在一朝兴起后常要遭受冻饿劳役之苦，而在一朝将亡时更要受到战祸的荼毒。这首小令遣词精辟，情感强烈，"兴，百姓苦！亡，百姓苦！"的呼号，无疑是元代散曲中的最强音，体现着张养浩关心民生的真情结。

醉高歌兼喜春来

张养浩

诗磨的剔透玲珑,酒灌的痴呆懵懂①。高车大纛成何用②,一部笙歌断送。金波潋滟浮银瓮③,翠袖殷勤捧玉钟④。对一缕绿杨烟,看一弯梨花月,卧一枕海棠风。似这般闲受用⑤,再谁想、丞相府帝王宫?

注释:

①懵(měng)懂:头脑不清楚。②大纛(dào):大旗。③金波:指美酒。潋(liàn)滟(yàn):形容水波流动。④玉钟:精美的酒盅。⑤闲受用:随意地享受。

赏析:

诗琢磨锤炼得玲珑剔透,酒要喝到痴呆懵懂。纵然高车大旗又有何用?最后不过为一部送殡之歌所打发。佳人在侧,作者手持着酒光荡漾的银杯"对一缕绿杨烟,看一弯梨花月,卧一枕海棠风"。陶醉在这样散诞闲适的生活里,他对仕途功名的惦念自然而然地淡化无踪。

【曲评】

此曲通过描述以诗酒美人相充实之生活的闲适和惬意,反衬高官显爵的毫无意义,传递出作者对于人生的参悟,对于功名仕途的淡泊之情。全曲文词清丽而流畅,情感旷达而洒脱,可见作者的风格品质。

雁儿落兼得胜令·退隐

张养浩

云来山更佳,云去山如画。山因云晦明①,云共山高下。倚杖立云沙,回首见山家。野鹿眠山草,山猿戏野花。云霞,我爱山无价。看时行踏②,云山也爱咱③。

注释:

①晦:昏暗。②行踏:往来走动。③咱(zá):我。

赏析:

饱览了宦海风云、人生艰难的张养浩回到了云山的怀抱。他喜欢观赏云与山互相映衬而又各具风致的美丽,喜欢伫立在云彩环绕的沙丘,回看山间的人家,看野鹿在山草丛中酣睡,看山猿嬉戏在山花之间。张养浩对云霞说:我喜爱这山色无价,会选择好时光来这里漫游行踏。他也感到云山温柔的回应,感到云与山也深深地喜爱着自己。

【曲评】

此曲让我们感受到了作者与云山共徘徊的悠然情致,了解到他满含童趣的细致观察。他把对大自然的感情移为自然对自己的感情,充分表现了他与大自然的契合无间和对大自然的无限热爱。

水仙子·咏江南

张养浩

一江烟水照晴岚①,两岸人家接画檐。芰荷丛一段秋光淡②。看沙鸥舞再三,卷香风十里珠帘③。画船儿天边至,酒旗儿风外飐④,爱杀江南!

注释:

①岚:山林中的雾气。②芰(jì)荷:出水的荷。③卷香风句:化用唐杜牧诗《赠别》中"春风十里扬州路,卷上珠帘总不如"句意。④飐(zhǎn):随风飘动。

赏析:

江南如画的景色和柔美的女子从来都让文人们为之魂牵梦萦,作者生长在北国,此次来到江南,此地的种种风物人情自然让他大开眼界。本来,对于秋之清爽怡人的了解,作者是并不缺乏的,但此地之所以能让他为之陶醉并感叹不已,都是因为江南秋色在清爽怡人中又多了旖旎的风姿,温暖的人情味,少了些寒冷萧瑟。看着从天边驶来的小舟,让心情随着风中的酒旗一同舒展,摇摆,这时候,作者感觉到从未有过的畅快和惬意,他不由得满怀热情地自言自语道:"爱杀江南!"

折桂令·中秋

张养浩

一轮飞镜谁磨①?照彻乾坤,印透山河。玉露泠泠②,洗秋空银汉无波。比常夜清光更多,尽无碍桂影婆娑③。老子高歌,为问嫦娥:良夜恹恹④,不醉如何?

注释:

①飞镜:喻月亮。②泠泠:形容清凉的样子。③桂影:古时传说月中有桂树和宫阙,故古人认为月中的暗影是它们的影子。④恹(yān)恹:精神不振貌。

赏析:

中秋之夜,玉露泠泠,秋空如洗,银河无波。明亮的月光把大地山河都照个透彻,月中桂影清晰可见,更反衬出月光的澄澈。如此美好的夜色,作者胸怀尽敞,畅快非常,他放情高歌,问询嫦娥:长夜寂寂,不醉如何?

【曲评】

前有姚燧以辛弃疾《太常引·建康中秋为吕书潜赋》作底子写出情思迥异的《黑漆弩》,张养浩则复将辛词加以翻演,写出了这篇咏中秋的《折桂令》,抒发的则是自己面对朗月的一番豪兴。辛氏的"斫去桂婆娑,人道是、清光更多"意在扫除有碍光明之物,寄意深远;姚氏的"更何消斫桂婆娑,早已有吴刚挥斧"则重在增添意趣,下笔诙谐;而张养浩的"比常夜清光更多,尽无碍桂影婆娑"则是在抒写心中快意。

寄生草·酒

范　康

常醉后方何碍,不醉时有甚思?糟腌两个功名字①,醅淹千古兴亡事②,曲埋万丈虹霓志③。不达时皆笑屈原非④,但知音尽说陶潜是。

注释:

①糟腌:用酒糟腌制。②醅(pēi):未滤过的酒。③曲:酿酒的酵母。④达:通达,显达。

赏析:

作者是一个深得酒的好处的人。对于他来说,长醉不醒与世无碍,不醉的时候反而无所适从。有了酒他可以忘却功名二字,有了酒千古的兴亡事便与他无关,在酒里他可以放弃自己的万丈虹霓志。对于沉溺于酒的解释,作者这样说:不得志的时候大家都不会赞同屈原的做法,为守忠贞而负石投江。其实和我志同道合的人们都知道还有一条路可以走,那就是远离世俗樊笼,早早地如陶潜一样弃官归隐,醉情酒中。

【曲评】

"糟腌两个功名字",浑中奇语也。

——《曲藻》

寄生草·色

范 康

花尚有重开日,人决无再少年。恰情欢春昼红妆面,正情浓夏日双飞燕,早情疏秋暮合欢扇①。武陵溪引入鬼门关②,楚阳台驾到森罗殿③。

注释:

①合欢扇:即团扇。因为团扇为夏天所用,秋天就被收起,所以古人常用团扇喻失宠的女子。②武陵溪:晋陶渊明《桃花源记》中记述了武陵溪边的世外桃源,此处引来喻环境优美、无忧无虑的所在。③楚阳台:宋玉《高唐赋》中神女居处。森罗殿:阎王殿。

赏析:

此曲论色。与前一篇的咏酒有所不同,对于色作者完全是持否定态度。曲的开头就引用"花有重开日,人无再少年"的俗谚来说明光阴珍贵有限。继而又用"春昼红妆面""夏日双飞燕""秋暮合欢扇"三组物象,描述了从"情欢""情浓"直至"情疏"的完整过程,暗示人们不要沉溺于男女情爱,免得落一个身心俱伤。末两句以"武陵溪""楚阳台"与"鬼门关""森罗殿"对举,当头棒喝,疾呼贪色亡身,发人深省,让人过目不忘。

叨叨令·自叹

周文质

筑墙的曾入高宗梦①,钓鱼的也应飞熊梦②。受贫的是个凄凉梦,做官的是个荣华梦。笑煞人也末哥③,笑煞人也末哥,梦中又说人间梦④。

注释:

①筑墙的:指殷代的傅说。据说高宗梦得圣人,于是派人四处寻访,发现了正在劳作的傅说。②钓鱼句:《史记·齐太公世家》载:"西伯将出猎,卜之,曰:所获非龙非彲,非虎非罴,所获霸王之辅。"后世讹传为周文王梦飞熊而得太公望。③笑煞:笑死人。也末哥:语尾助词,无义。④白居易《读禅经》中有"言下忘言一时了,梦中说梦两重虚"。

赏析:

此曲以人生如梦为主题,先从历史上傅说、吕尚两位贤人因帝王之梦而得举用的传说讲起,写到普通人的"凄凉梦""荣华梦",最后归结到"梦中又说人间梦",充分表达了作者愤世嫉俗、消极颓废的人生态度。而这种人生态度是建立在对历史、现实的清醒认识的基础上的。如不是帝王的偶然一梦,贤人就会老死江湖;凄凉、荣华,反映出的是现实的不平等。对于这些,作者只能以人生如梦自慰,笑看世象,连呼"笑煞人"。

绿幺遍·自述

乔 吉

不占龙头选①,不入名贤传。时时酒圣,处处诗禅。烟霞状元②,江湖醉仙。笑谈便是编修院③。留连,批风抹月四十年④。

注释：

①龙头：状元的别称。②烟霞：指山水、自然。③编修院：即翰林院。④批风抹月：古代词曲多以风花雪月为题材,故称填词作曲为"批风抹月"。

赏析：

生前,不去应科举的考选,死后,不愿进名贤的列传。时时纵情饮酒,处处吟诗悟禅。是寄情山水的状元,做浪迹江湖的醉仙！笑谈古今,赛过那编修院。无官无职,流连在山水间,批风抹月的四十年。

【曲评】

这是貌为旷达而实牢骚的说法。

——《中国俗文学史》

满庭芳·渔父词

乔 吉

携鱼换酒，鱼鲜可口，酒热扶头。盘中不是鲸鲵肉①，鲟鲊初熟②。太湖水光摇酒瓯，洞庭山影落鱼舟。归来后，一竿钓钩，不挂古今愁。

注释：

①盘中不是鲸鲵（ní）肉：意思是说没有为朝廷做帮凶。鲸鲵：生活在水中的大型哺乳动物，雄的叫鲸，雌的叫鲵，古代文人习惯用来比喻叛逆人物。②鲟（xún）：鲟鱼。鲊（zhǎ）：一种用盐和红曲腌的鱼。

赏析：

钓得鱼儿去换酒，鲜鱼味美多可口！热好美酒要畅饮，盘中不是鲸鲵肉，鲟鲊刚刚煮熟。太湖的水光摇荡着酒杯，洞庭湖的山影落入了渔舟。归来后，一竿钓钩放下，真是"不知有汉，无论魏晋"了。

【曲评】

"盘中不是鲸鲵肉"既是曲中的警句,造语也很工巧。

——《元散曲选注》

天净沙·即事

乔 吉

莺莺燕燕春春,花花柳柳真真①,事事风风韵韵。娇娇嫩嫩,停停当当人人②。

注释:

①真真:分明真切。②停停当当:指梳洗打扮完毕。

赏析:

此曲描写春暖花开时燕飞莺啼、柳绿花红的明丽春景,以及那极具风韵、袅娜婷婷的佳人形象。此曲全篇使用叠字,颇具重叠复沓的音韵之美,将人之美与景之美交融在一起,互相映衬,颇有情致。

【曲评】

按梦符又有《天净沙》词云:"莺莺燕燕春春……"此等句亦从李易安"寻寻觅觅"得来。

——《词苑丛谈》

凭阑人·金陵道中

乔 吉

瘦马驮诗天一涯,倦鸟呼愁村数家。扑头飞柳花,与人添鬓华①。

注释:

①鬓华:指鬓发花白。

赏析:

瘦马驮诗,浪迹天涯,是作者孤苦漂泊生活的真实写照。黄昏时分,飞倦了的鸟儿急匆匆地向自己的巢飞去,它们的叫声唤起了他不尽的乡愁。又是一年春来到,又是和煦春风,扑面柳花,然而这一切对于作者来讲,不过是意味着时光的飞逝,带来了新生的白发罢了。

【曲评】

尖新可爱。
——《中国俗文学史》

醉中天

刘时中

花木相思树，禽鸟折枝图①。水底双双比目鱼，岸上鸳鸯户。一步步金厢翠铺②。世间好处，休没寻思，典卖了西湖。

注释：

①折枝图：弃根干而只画枝叶花果的绘画。②金厢翠铺：意谓好像用金子镶嵌和翠玉铺成的。厢：同"镶"。

赏析：

花木丛中相思树红豆累累，梢头枝畔鸟儿婉转啼唱；水底比目鱼成对闲游，岸上千家万户生活甜美。还有鳞次栉比的青楼妓馆，参差错落的富户豪门。西湖之美，美在温柔旖旎；西湖之美，美在繁华富庶。曲尾冷出"休没寻思，典卖了西湖"一语，引用南宋时谚，意谓不要连想都不想，就把"人间天堂"拱手相送他人，讥刺之意，显而易见。

【曲评】

西湖都能典卖，这是对沉湎享乐、奢靡挥霍的统治者的无情揭露和极大讽刺，也流露出作者无官一身轻，"无往不可"的自由思想。

滚绣球【摘调】

邓 熙

千家饭足可周①,百结衣不害羞②。问甚么破设设歇着皮肉,傲人间伯子公侯。闲遥遥唱些道情③,醉醺醺打个稽首④。抄化些剩汤残酒⑤,咱这愚鼓简子便是行头⑥。今朝有酒今朝醉,明日无钱明日求,散诞无忧⑦。

注释:

①周:周济。②百结衣:指遍打补丁的衣衫。③道情:为传道者宣传教义和募捐化缘时所唱的歌曲。④稽首:道家致礼方式,叩头到地,停一会儿才起来。⑤抄化:指求人施舍财物。⑥愚鼓、简子:均为道家的法器,八仙中张果老所持便是。⑦散诞:悠闲自在。

赏析:

这是一支从套数中摘出的曲调,描写的是一个看破世情、放浪不羁的道士形象。他身穿百结衣四处游历,以乞讨为生。闲时唱些道情,饿了就讨些残酒来喝,奉行的人生原则是"今朝有酒今朝醉,明日无钱明日求",全然不把王公贵族与人生哀乐放在心上。探求其精神实质,实际上是对现实的不满,因而以狂傲的举止来挑战等级森严的社会制度。

【曲评】

玩世不恭的生活态度与散曲通俗随意的风格在这里完美地结合在一起，使此曲读起来显得尤为生动自然、活灵活现。

塞鸿秋·凌歊台怀古

薛昂夫

凌歊台畔黄山铺[①]，是三千歌舞亡家处[②]。望夫山下乌江渡[③]，是八千子弟思乡去。江东日暮云，渭北春天树。青山太白坟如故[④]。

注释：

①凌歊（xiāo）台：又名陵歊台，在安徽当涂城北五里的黄山上。始建于南朝宋武帝永初元年，为皇家避暑行宫。②亡家：即无家。③望夫山：在当涂西北四十里。④太白坟：李白墓在当涂东南的青山之侧。

赏析：

凌歊台、乌江渡、太白墓，这三处古迹相距不远，作者登上凌歊台怀古，于是把它们放在一起来吟咏。凌歊台曾经极尽繁华，但它的繁华却使成百上千的女子被迫离开了家园；项羽自刎在乌江渡口，跟随他起事的八千子弟兵也无人生还故乡。与凌歊台和乌江渡相比，李白之墓至今依旧是青山掩映，安然如故，他的诗歌也一代一代地为人们所传诵。曲文表达了作者对历史上风云际会却难逃败亡命运的帝王的漠视和对诗仙无限的追慕之情。

朝天子

薛昂夫

沛公,大风①,也得文章用。却教猛士叹良弓②,多了游云梦。驾驭英雄,能擒能纵,无人出彀中③。后宫,外宗④,险把炎刘并⑤。

注释:

①大风:汉高祖刘邦曾作《大风歌》,歌曰:"大风起兮云飞扬,威加海内兮归故乡,安得猛士兮守四方?"②叹良弓:刘邦以游云梦为名诱捕了韩信。韩信被捕后,长叹一声道:"果如人言:'狡兔死,走狗烹;飞鸟尽,良弓藏;敌国破,谋臣亡。'天下已定,我固当烹。"③彀(gòu)中:弩射程所及的范围,喻圈套、牢笼。④后宫、外宗:指吕后和诸多吕姓外戚。刘邦死后诸吕作乱,后为周勃、陈平等大臣平定。⑤炎刘:刘邦自称因火德而兴,故称炎刘。

赏析:

此曲虽然在起首时对汉高祖刘邦慷慨作《大风歌》一事有所褒扬,然而综观全篇,更多的则是对他玩弄权术、杀戮功臣的否定和批判;并且对他此种极端做法下造成的后宫外戚专权、险些断送刘氏江山的后果进行了辛辣讽刺。作者对历史人物的评价和领悟未必客观,然而在这种冷嘲热讽当中,正可见到作者"求真"的人格准则。

庆东原·西皋亭适兴

薛昂夫

兴为催租败①，欢因送酒来②。酒酣时诗兴依然在。黄花又开③，朱颜未衰④，正好忘怀。管甚有监州⑤，不可无螃蟹。

注释：

①兴为句：宋僧惠洪《冷斋夜话》中记载，谢无逸曾问潘大临有无新作，潘大临回答："昨日得'满城风雨近重阳'句，忽催租人至，遂败意，只此一句奉寄。"②欢因句：晋陶渊明曾因重阳节无酒而久坐菊丛中，正值刺史王弘送酒至，他立即开坛畅饮，大醉而归。③黄花：菊花。④朱颜：红润的面容。⑤监州：官名，通判的别称。苏轼有"欲问君王乞符竹，但忧无蟹有监州"的诗句。

赏析：

作者可谓穷困潦倒了，本来门外秋光正好，胸中兴致刚刚开起，却有人前来催租，弄得他一时间意兴全无；所幸有朋友携酒前来探访，他才又重新高兴起来。与友人饮酒赋诗，酒能催诗兴，诗亦助酒兴；面对着盛放的菊花，想着自己正值壮年，确实是应该也有资本放情快活，他于是尽展胸怀，举杯畅饮。酒酣之时，他不由得想起苏轼"欲问君王乞符竹，但忧无蟹有监州"的诗句，不过觉得这样的句子不足以表达自己此刻的畅快，他要说：管它有没有监州呢，只要有螃蟹就一切都好！

普天乐·秋江忆别

赵善庆

晚天长,秋水苍。山腰落日,雁背斜阳。璧月词①,朱唇唱。犹记当年兰舟上,洒西风泪湿罗裳。

钗分凤凰,杯斟鹦鹉②,人拆鸳鸯。

注释:

①璧月词:南朝陈后主与宠姬们寻欢作乐时所作艳歌。此指华美的歌词。
②鹦鹉:指用鹦鹉螺壳制作的酒杯。

赏析:

此曲为忆别之作。作者因有感于秋日暮景之苍凉而追怀起自己从前的恋人,追怀起与她相知相爱、琴瑟合鸣的快乐往昔,追怀起西风中二人洒泪分别的情景。想起这些,他不由得惆怅满怀、黯然神伤。曲的末三句以鼎足对重新描述分别一刻:她将凤钗一折为二,两人各持一半;她将酒杯斟满,为自己敬酒祝福;二人从此便如被拆散了的鸳鸯,原本是天造地设的一对儿,却终成了天各一方。

人月圆·山中书事

张可久

兴亡千古繁华梦,诗眼倦天涯。孔林乔木,吴宫蔓草,楚庙寒鸦。数间茅舍,藏书万卷,投老村家。山中何事?松花酿酒,春水煎茶。

赏析:

人活一世,有机会成就霸业,有机会留名后世,但也可以选择优游闲适的生活。时光飞逝,圣贤如孔子者墓旁树木已拱,当日煊赫显耀如吴宫楚庙者如今只见荒芜。既然身后都是寥落下场,那么生前又何必或汲汲碌碌,或彪炳一时?不如于山野村家立起茅屋数间,储书万卷;观经读史,咏诗赏词,用松花酿酒,用春水烹茶,尽情享受自在安闲之乐。作者是这样想的,也是这样做的。

卖花声·怀古

张可久

美人自刎乌江岸,战火曾烧赤壁山,将军空老玉门关[①]。伤心秦汉,生民涂炭,读书人一声长叹。

注释:

①将军句:《后汉书·班超传》中载,班超于迟暮之年上书皇帝说:"臣不敢望到酒泉郡,但愿生入玉门关。"

赏析:

这是一首怀古之作,曲中提及的项羽兵败垓下、虞姬自刎;三国孙、刘联军大败曹军于赤壁;班超守卫边疆多年不得回归,看似并无甚关联,实则已将人间兴亡成败囊括其中,将逐鹿与守成之情形并举。旨在道出无论何种局面,饱受痛苦的总是广大生民,抒发出作者对此的深沉感慨和无奈之情。

水仙子·归兴

张可久

淡文章不到紫薇郎①,小根脚难登白玉堂②,远功名却怕黄茅瘴。老来也思故乡,想途中梦感魂伤。云莽莽冯公岭③,浪淘淘扬子江,水远山长。

注释:

①紫薇郎:唐开元元年,中书省改称紫薇省,中书令改称紫薇令,凡任职中书省的人,人们多以紫薇称之。此处泛指朝廷要职。②根脚:指家世。白玉堂:指翰林院。③冯公岭:在杭州灵隐寺西,又名石人岭。

赏析:

知道凭借自己的清淡文章难以获得要职,也知道因为自己的家世和性情,沉抑下像实属必然；想要辞官归乡，却担心难以忍受清苦的生活。只是随着一天天地年老，作者对故乡的思念越来越浓。

他梦到了归去家乡的路途，冯公岭，扬子江，山远水长，他便已黯然神伤。

普天乐·秋怀

张可久

为谁忙？莫非命。西风驿马，落月书灯。青天蜀道难，红叶吴江冷。两字功名频看镜，不饶人白发星星。钓鱼子陵①，思莼季鹰②，笑我飘零。

注释：

①子陵：指东汉隐士严子陵。他与东汉光武帝刘秀是故交，刘秀登帝位后多次召他出仕辅政，他皆不受命，甘居山林，以耕钓为乐。②季鹰：指西晋的张翰（字季鹰）。他见秋风起而思吴中的莼羹、鲈鱼脍，于是弃官还乡。

赏析：

一生没有际遇，抱负无处施展的作者于秋日回顾了自己从前潜心苦读、四处求仕的辛劳岁月，感到无限惆怅。他知道，追求功名的心念可以不老，但岁数不饶人，看着镜中星星点点的白发，他凄凉而无奈。

继而想起功名近在咫尺却视而不见的严子陵，想起为了舒心地吃上一口家乡菜便抛弃了簪笏的张翰，不由得自感惭愧，因为命运并没有逼迫他一定要在功名路上奔波劳碌。他因而发出了曲首的感叹：为了谁这样奔波劳碌一生？且莫责怪命运。

普天乐·花园改道院

任 昱

锦江滨,红尘外。王孙去后①,仙子归来②。寒梅不改香,舞榭今何在?富贵浮云流光快,得清闲便是蓬莱③。门迎野客④,茶香石鼎,鹤守茅斋。

注释:

①王孙:泛指贵族子孙。②仙子:指隐者。③蓬莱:蓬莱仙境。④野客:山野之人。

赏析:

这锦江畔的道院原是富家的别墅花园,因为远离尘世,如今被改作了道院。富家子弟们不再到这里来游赏,高洁的隐者则因为此地静美的环境移家来住。

傲寒的梅花不改清香,但再高大的舞榭也难免荒没无闻的结局。隐者体悟到富贵如浮云一样虚幻无定、转瞬即逝,仙家的逍遥不过是清闲自适。他在这里与村夫野老相交游,以石鼎烹茶,用鹤守茅斋。

【曲评】

此曲写作者超脱尘网、返归自然的出世思想,风格清新,意蕴悠远,充满了哲理意味。

阳春曲·闺怨

徐再思

妾身悔作商人妇,妾命当逢薄幸夫①。别时只说到东吴,三载余,却得广州书。

注释:

①薄幸夫:薄情的丈夫。

赏析:

女子后悔做了商人的妻子,她不无怨恨地说自己命中就当嫁给这样薄幸的郎君。她的丈夫告别的时候只说要到东吴去做一笔生意,然而三年多过去了,她却接到他自广州寄来的书信。

【曲评】

这首小令模仿一位少妇口吻诉说对商人丈夫的怨意,感情真挚,让人只读其言眼前便能浮现出她心事无限、哀哀自诉的形貌情态,非常生动,可谓匠心独运。

殿前欢·观音山眠松

徐再思

老苍龙,避乖高卧此山中①。岁寒心不肯为梁栋②,翠蜿蜒俯仰相从。秦皇旧日封,靖节何年种③?丁固当时梦④,半溪明月,一枕清风。

注释:

①乖:背离,抵触。②岁寒心:《论语·子罕》载,"岁寒,然后知松柏之后凋也。"③靖节:东晋诗人陶渊明的谥号。④丁固:三国时吴人,曾梦松树生其腹上。他对人说:"松树十八公也,后十八岁,吾其为公乎!"后果然位至三公。

赏析:

观音山上有一株奇松,因为它枝干虬曲,形同卧态,所以世人称它为"眠松"。眠松虽然具有松树凌霜耐寒的本性,但是它却没有长成像其他松树一样的栋梁之材,它独自高卧山中,只有缠绕在松身上的藤蔓俯仰相从。

作者坚定地认为,眠松拥有着不同寻常的身世,他为眠松执意世外,与清风明月做伴的潇洒脱俗而赞叹不已。

【曲评】

此曲旨在赞颂眠松的隐逸情怀,却无处不关合着作者的志趣和心声。

后庭花·怀古

吕止庵

孤身万里游,寸心千古愁。霜落吴江冷①,云高楚甸秋②。认归舟,风帆无数,斜阳独倚楼。

注释:

①吴江:江苏省东南部。②甸:郊外。

赏析:

此曲为怀古之作,虽然没有提及具体感怀的内容而只是抒发心中凄怆感受,但字字句句皆有出处,经过作者妙手组合翻新,浑然一体,表达出一种悠远深邃的身世之感,使绵延千古的乡思客愁尽寓于此短短几语之中。

普天乐·别情

查德卿

鹔鹚词①,鸳鸯帕。青楼梦断,锦字书乏②。后会绝,前盟罢。淡月香风秋千下,倚阑干人比梨花。如今那里③?依栖何处?流落谁家?

注释：

①鹧鸪词：曲牌名，多写别情。②锦字：寄给丈夫或情人的书信。③那里：哪里。

赏析：

寄情的诗词，定情的手帕，但因她身在青楼，无缘成为眷属，一朝别后，音书渐渐稀疏。

从前的盟誓已然作罢，日后的重逢难以期待，只是花前月下，她绰约秀雅的倩影却依旧盈盈目前，惹起作者无限的牵挂：你如今在哪里？栖身在何处？流落到谁家？

满庭芳·樵

赵显宏

腰间斧柯①，观棋曾朽②，修月曾磨③。不将连理枝梢挫④，无缺钢多。不饶过猿枝鹤窠，惯立尽石涧泥坡。还参破⑤，名缰利锁，云外放怀歌。

注释：

①柯：斧柄。②观棋曾朽：传说晋人王质上山伐木，遇仙人对弈，观棋忘返，回过神儿来发现斧柄已经烂掉。③修月：古时传说月亮乃七宝合成，上有八万二千户常以斧凿修。④挫：指折伤。⑤参破：看破，悟透。

赏析：

曲中樵夫俨然世外高人，他腰间的斧头，曾因他观神仙下棋而腐朽，曾因要修月宫而磨砺，从不曾将连理枝儿削斫。樵夫不畏高险，攀登在猿枝鹤窠，惯立尽石涧泥坡；他早已看破了名缰利锁，喜欢在云外放声高歌。

【曲评】

引用神话传说写樵夫的超乎凡类，"不将"句写樵夫对美好事物的爱惜，"不饶过""惯立尽"二句写樵夫的坚毅精神，"还参破"三句写樵夫的看破名利、洒脱胸怀。曲写樵夫，实际表达了作者的志趣与追求。

阳春曲·赠茶肆

李德载

茶烟一缕轻轻飏，搅动兰膏四座香①。烹煎妙手赛维扬②。非是谎③，下马试来尝！

注释：

①兰膏：泽兰炼成的油，清香可人，此处形容茶的清香。②维扬：即扬州。③谎：指妄言虚语。

赏析：

这首小令是作者为一家茶肆写的赠曲，旨在赞颂此处茶叶的清香和烹茶手法的高妙。通读下来，感觉本曲颇似一则广告，但写得简约凝练、不落俗套，相信茶肆老板得到此曲，定会将它写成条幅挂起来，生意从此也会更加红火。

普天乐·嘲西席

张鸣善

讲诗书,习功课。爷娘行孝顺,兄弟行谦和。为臣要尽忠,与朋友休言过。养性终朝端然坐,免教人笑俺风魔。先生道:"学生琢磨。"学生道:"先生絮聒。"馆东道:"不识字由他。"

赏析:

老师言之谆谆,告诉学生对爹娘要孝顺,对兄弟要谦和,当臣子要尽忠,与朋友交不要说人家的坏话,平日里要注重仪态,修养性情。诸如此类的圣贤之道,他让学生好好琢磨,可是得到的反应却是学生嫌他啰唆。对于这种情况,学生的家长竟对先生说:"不识字由他。"看来家长将先生请来并不是要让其传授多少道德文章,目的只在管住孩子,让他们别淘气就行了。

【曲评】

此曲名为《嘲西席》,意在嘲讽蒙元统治下斯文扫地的局面,生动诙谐的言语中,蕴含着尖锐的讥讽之气。

落梅风·泛剡王猷

陈德和

乘雪夜，访故人，剡溪冰短篷难进②。冻归来怕人胡议论，强支吾道："兴来还尽③。"

注释：

①剡溪：水名，在浙江省，晋人王子猷曾于雪夜访在剡溪的友人戴安道，到了戴安道门前却不入而返。人问其故，他说："吾本乘兴而行，兴尽而返，何必见戴？" ②短篷：小船。③兴来还尽：指尽兴而归。

赏析：

"雪夜访戴"的故事，历来传为文坛佳话，以显示文人随兴适意的洒脱。然而此曲却做翻案文章，说王子猷那夜实是因为遭遇坚冰，舟行不畅才半路折回，因为怕人议论，所以虽然自己冻得够呛，还强打精神勉强编出了"兴来还尽"之说。此类小品，并无深刻寓意，但曲风幽默，言语生动，读之可以一笑。

塞鸿秋·浔阳即景

周德清

长江万里白如练①,淮山数点青如淀②。江帆几片疾如箭,山泉千尺飞如电。晚云都变露,新月初学扇③。塞鸿一字来如线④。

注释:

①练:熟绢。②淀:同"靛",青蓝色染料。③学扇:指月亮仿佛是在模仿团扇的样子,欲圆未圆。④塞鸿:从边塞飞来的大雁。

赏析:

万里长江,好像洁白的练丝;淮山点点,如同翠蓝的画墨。几叶江帆,顺风而下,疾行似箭;山泉千尺,飞流直下,奔泻似电。到了晚上,云雾凝结成颗颗露珠,新月初升,又似在舒展纨扇。放眼远望,一行秋雁列队南飞,它们都来自北方的天边。

【曲评】

　　此曲是作者傍晚登浔阳城楼的即兴之作,下笔意境阔宏、极具气势,设色简洁鲜明,浓淡相宜。而最妙者还要数曲尾对于晚云、新月、塞鸿的描写,灵动新奇,余韵悠然,引人遐想。

醉太平·警世

汪元亨

憎苍蝇竞血，恶黑蚁争穴。急流中勇退是豪杰，不因循苟且①。叹乌衣一旦非王谢②，怕青山两岸分吴越③，厌红尘万丈混龙蛇。老先生去也。

注释：

①因循：指随波逐流。②乌衣：乌衣巷，在今南京市，为东晋时王导、谢安两大望族的居所。③分吴越：春秋时，吴国越国山水相连，却互相敌对，世代为仇。

赏析：

憎恨腐败官场中人如苍蝇竞相吮血，如黑蚁争着钻窝，作者认为懂得急流勇退的才是豪杰，他不愿随波逐流、因循苟且。他叹息乌衣巷的豪族转瞬间便成云烟，生怕青山绿水两岸分成相争的吴和越，厌倦了滚滚红尘龙蛇混杂，贤愚不分，于是决定洁身远引，拂袖而去。

【曲评】

此曲不独有睥睨一切的气概，而且情意真挚，是作者憎恶腐朽社会的表现，与故作豪语者不同。

——《中国诗史》